U0083898

古典詩歌研究彙刊

第十二輯

龔鵬程 主編

第 5 冊

杜甫荊湘詩初探

洪 素 香 著

國家圖書館出版品預行編目資料

杜甫荆湘詩初探／洪素香 著 — 初版 — 新北市：花木蘭文化
出版社，2012〔民 101〕
目 2+186 面；17×24 公分
（古典詩歌研究彙刊 第十二輯：第 5 冊）
ISBN 978-986-254-901-8（精裝）
1.（唐）杜甫 2.唐詩 3.詩評
820.91 101014404

ISBN-978-986-254-901-8

古典詩歌研究彙刊
第十二輯 第 五 冊 ISBN：978-986-254-901-8

杜甫荆湘詩初探

作 者	洪素香	
主 編	龔鵬程	
總 編 輯	杜潔祥	
出 版	花木蘭文化出版社	
發 行 所	花木蘭文化出版社	
發 行 人	高小娟	
聯絡地址	新北市永和區中正路五九五號七樓	
	電話：02-2923-1455／傳眞：02-2923-1452	
網 址	http://www.huamulan.tw 信箱 sut81518@gmail.com	
印 刷	普羅文化出版廣告事業	
初 版	2012 年 9 月	
定 價	第十二輯 24 冊（精裝）新台幣 33,600 元	

杜甫荊湘詩初探

洪素香 著

作者簡介

洪素香，1955 年生，台南縣麻豆鎮人，全家遷居高雄市 40 餘年，已在教育界任教 32 年，現為國立高雄應用科技大學語文中心專任副教授。私立輔仁大學中文系學士、國立中山大學中文系研究所碩士、國立高雄師範大學國文系研究所博士。學術專長為中國唐詩、臺灣古典詩。專書有升等講師論文《王建生平及其詩歌研究》、碩士論文《杜甫荊湘詩初探》、博士論文《清代臺灣儒學詩研究》；研討會、期刊論文有〈唐樂府詩中的征夫思婦「人物書寫」主題探析〉、〈由《周易・蒙卦》談中國古代的品德養成教育〉等十餘篇。

提　　要

　　杜甫生於睿宗先天元年，卒於代宗大曆五年，年五十九。為盛唐詩人，與李白並稱「李杜」。其一生依序可分為青壯、長安、秦州、成都、夔州與荊湘等六個時期。其中前五個時期，自來即有兩岸專家學者，以專書著作或學位論文方式，作全面性探討研究。唯荊湘時期至今仍只有零星期刊及研討會論文而已。

　　職是之故，筆者乃決定以此時期為學位論文主題，初探詩人此時期之詩歌，及其結構特色與藝術成就。因此本論文一方面將詩歌分為記錄行蹤之詩、記錄個人身體狀況與心理狀態之詩，和記錄人際關係與社會關懷之詩。另外一方面將詩歌分結構和修辭兩項，詳細分析其本身之內部與形式諸問題。

　　緣此，本論文內容凡分八章，章內共細分為二十四節。茲將其每章之綱要列舉如下：

　　第一章　緒論。說明本論文之研究動機與研究範圍。

　　第二章　時代背景與社會環境。概述此時期國家之政治與財經等各方面之狀況。

　　第三章　荊湘行腳。縷敘詩人在此時期所走過之所有地方，及其沿途所記錄之風土景物。

　　第四章　身心狀況。敘述詩人當時如風中殘燭般之身體狀況，與矛盾衝突之心理狀態。

　　第五章　人際關係與社會關懷。敘述詩人當時與親友間之酬贈往來，以及當時他對社會國家與人民的關懷情形。

　　第六章　詩歌結構特色。詳細分析詩人此時期詩歌之有關體製、拗體與詩韻等方面之使用情形。

　　第七章　詩歌修辭藝術。亦詳細分析詩人此時期詩歌中之有關對偶句、對比句與典故等方面之運用情形。

　　第八章　結論。歷舉諸家對詩人此時期詩歌之詩評，並為詩人此時期詩歌之成就與價值，作一個客觀公正之確定。

目次

第一章　緒　論

第一節　文獻回顧

　　杜詩的箋註，在宋代已有"千家註杜"之稱，而宋代以後到目前，學者對杜詩的研究，也仍然風氣鼎盛，因此其所積累下來的相關著作，眞可謂汗牛充棟。當代大陸學者周采泉，以他個人多年收集所得，編成一部《杜集書錄》，極富參考價值。

　　周氏在書中集錄了自唐代以來到清末，以及 1979 年以前的近代大陸學者之研究著作 860 種。全書分內編、外編兩大部分，內編分爲：「全集校刊箋註類」、「選本律註類」、「集評考訂類」和「雜著類」四大類；其中「集評考訂類」有詩話文說、批點彙評、考訂等三小目；「雜著類」也有雜著、存疑、僞書、類書、聲韻格律等四小目。外編分爲：「全集校刊箋註類存目」、「選本律註類存目附合刻、合選」、「譜錄類」、「集杜合杜戲曲類」四大類；其中「譜錄類」也有年譜、傳記、專書單刻、詩目譜、誌傳、叢考等六小目。綜觀這些研究著作，它們所觀照的範圍，及所涉及的層面，眞可謂既深且廣。

　　1979 年以後，大陸研究杜甫的風氣依然興盛。1980 年 4 月「杜甫研究會」在四川成都成立，並在 1987 年出版爲《杜甫研究學刊》，以季刊方式來發行，希望藉以宣揚杜甫的愛國精神和人本思想，深入

探討杜詩的藝術，這個國內外公開發行的杜甫研究唯一學術專刊，二十多年來，已編輯出版七十期，發表學術論文達一千多萬字，闢有「杜甫研究」、「杜詩學研究」、「版本及評介」、「杜詩鑑賞」、「問題討論」、「詩聖遺蹤遺跡考」、「域外論杜」、「浣溪叢語」等欄目，供學者專家們發表研究心得。

除了《杜甫研究學刊》外，1979 年以後大陸研究杜甫的專著也不少，譬如：陳貽焮《杜甫評傳》、莫礪鋒《杜甫評傳》、王齊洲《詩聖杜甫》、江希澤《杜少陵詩傳》等，可謂琳琅滿目，美不勝收。

相對於大陸學者對杜甫研究的熱烈，台灣學者一直以來在這方面的研究，也是表現得可圈可點，與大陸可謂平分秋色，不但時有學術專著出版，譬如：黃永武《杜甫詩集四十種索引》、汪中《杜甫》、張夢機・陳文華《杜律旨歸》、方瑜《杜甫夔州詩析論》、陳香《杜甫評傳》、李辰冬《杜甫作品繫年》、歐麗娟《杜詩意象論》、蔡振念《杜詩唐宋接受史》等，亦探幽抉隱，各具特色。

此外，台灣各大學院校中，博碩士生們對杜甫的研究也是興趣濃厚，他們在指導教授的指導下，也有多篇學位論文產生，譬如：王三慶《杜甫詩韻考》、金龍雲《杜甫寫實諷諭詩歌研究》、鄭元準《杜甫長安期詩研究》、方秋停《杜甫秦州詩研究》、林瑛瑛《杜甫成都期詩歌研究》、朱伊雯《杜甫晚期詩作之精神動向——以夔州詩為歸趨之探究》等，便是其中的一部分。

第二節　研究動機

雖然，有關杜甫的研究，自唐代至當代的一千兩百多年來，有如此多學者投入其中，創作出如此多作品，所獲致的成果更是斐然可觀。但是吾人發現，儘管由古到今，從台灣到大陸，學者們對於杜甫的研究不遺餘力，但是至目前為止，大家對他生命中的最後一個階段——荊湘時期的個別研究，則明顯尚稱不足。

　　首先在大陸方面，先說《杜集書錄》，在周采泉所集錄的 860 種專著中，勉強可以稱得上與杜甫荊湘時期相關的著作，只有李宗蓮《湖南平江縣重修唐杜左拾遺工部員外郎墓并建祠請諡集刊》一書；再看《杜甫研究學刊》，在已發行的七十期中，也只有鍾樹梁〈論杜甫荊湘詩〉、曾亞蘭〈杜甫荊湘詩的憂患意識〉、劉洪仁〈人民性的光輝總結──也談杜甫湖湘的主調〉、熊培庚〈談杜甫漂泊湖湘的酒詩〉等二、三十篇而已；其以專書出版方式發行的書籍，則只有《杜甫在湖湘》論文集一書而已，此書一共收集了 34 篇包括前面四位學者在內的 39 人之研究論文。由以上所列，雖然表現上看來，似乎研究杜甫此時期的學者也不少，但是因為它們都屬於一、二萬字以內的小論文，所以其所能論述之內容頗為有限，更遑論作整體性的、多面性的探討。在台灣方面，則似乎更缺乏專門論述此時期之出版品，而博碩士生們的學位論文中，也獨缺此時期著作。

　　而經筆者詳閱杜甫此時期詩歌後，發現此時期詩歌，在詩歌體製結構上，雖然只是延續夔州時期而加以推擴而已，但是在詩歌修辭用語上，他則因受當時外在環境極度窘迫之關係，而與其他時期有很大不同，已然自成一個風格。為此，筆者特出於為一代詩聖作補述工作之使命感，決定將此一長久以來被混在「夔州以後詩」中，一筆帶過的此時期詩歌獨立出來，作為研究主題，其中，除了深入探討他此時期詩歌創作之藝術與成就外，還嘗試由他詩歌中，還原出他在此時期之行事與思想，包括行腳足跡、身心狀況、人際關係，以及其對國家社會之關切情懷等，以讓我們知道這一位偉大詩人，在他生命的最後三年中，是如何艱辛走過的。假使藉由筆者的這番努力，而能夠為各方研究杜甫者帶來些許助益，並達到補述效能，則不勝榮幸之至。

第三節　研究範圍

　　本論文以 1993 年台北華正書局出版的《杜詩鏡銓》作為原典資料，卷數、頁數均依之。

　　本論文研究範圍，限定在杜甫 57 歲正月，由白帝城放船出瞿塘峽開始，到 59 歲暮秋北歸秦地，卒於潭岳之間爲止，總計有三年時間。若以《杜詩鏡銓》的排序來說，此時期詩歌，乃是由卷 18 的〈大曆三年春，白帝城放船出瞿塘峽，久居夔府，將適江陵，漂泊有詩，凡四十韻〉一詩開始，到卷 20 的〈風疾舟中，伏枕書懷三十六韻，奉呈湖南親友〉一詩爲止，總計有 154 首詩。

　　自來關於杜甫此一時期，大致上有三個不同稱呼，即荊湘時期、兩湖時期和湖湘時期。在這三年之中，杜甫終日舟楫不息，曾經先後在江陵、公安、岳州、潭州、衡州一帶活動往來。江陵、公安當時屬荊州江陵府，潭州、衡州則地屬湘水流域。爲使能更準確勾勒出杜甫當時之活動地區，本論文決定採用「荊湘」爲此時期稱名，而它與「兩湖時期」、「湖湘時期」，所指乃屬同一期。

第二章 時代背景與社會環境

第一節 在政治方面

　　大致上說來，當時的政治環境是很不安定的，不論是國內的中央朝廷、地方區域，或是國外的敵患，都在急劇震盪中屢傳危機，現在我們就由這三方面來討論之。

壹、宦官權臣顛頇

　　宦官的危害，在中國歷代朝廷中屢見不鮮，而唐朝在安史之亂以後，中央政府的權柄，也漸漸步入被宦官把持的命運，先後有李輔國、程元振和魚朝恩弄權，而若以杜甫此時期的朝廷宦官勢力來說，當時的朝廷勢力正把持在魚朝恩手中。

　　《舊唐書·宦官傳》[註1]對魚朝恩這個人的行徑，有著很詳細的記載，魚朝恩在天寶末以宦者的身分入內侍省，初為品官，給事黃門，而因為他「性黠惠，善宣答，通書計。」因此到了至德年間，即受到肅宗很高的倚重，經常派令他監督軍事，當時九節度討安慶緒於相州時，肅宗不立統帥，而以魚朝恩為「觀軍容宣慰處置使」，又以功累加至「左監門衛大將軍」，相州之戰失敗後，魚朝恩勢力更大，

〔註 1〕見《舊唐書·列傳第一百三十四宦官》卷184，台北：鼎文書局，頁4763～4765。

經常統禁軍鎮陝。廣德元年，西蕃入犯京畿，代宗出奔，倉促之間禁軍不能集中，當時魚朝恩正統領神策軍鎮陝，聞訊後親自率軍趕到華陰迎駕，代宗回京後，對魚朝恩也因此深加優寵，又命他專典神策軍——禁軍。

深受恩寵的魚朝恩，藉著講授經籍，隨意高談闊論時事，又將大臣群官二百餘人，都以本官備章服充附學生，列於監之廊下，而由待詔給錢萬貫充食本，作為附學生廚料。又恃寵先後與郭子儀、元載相為仇恨，元載用心腹崔昭偵查魚朝恩，將他的一舉一動上聞於代宗，代宗由此才對魚朝恩越來越厭惡。魚朝恩又與其手下宦官劉希暹合謀，在北軍置獄，召集坊市內的凶惡少年，羅織城內富人，誣以違法，再捕入獄，任意拷打，沒收他們的財產，代宗忍無可忍，最後才在大曆五年把魚朝恩召入宮中縊殺之，劉希暹也下獄賜死，到此，魚朝恩之禍才告解除。

至於朝臣方面，大曆五年（西元 768 年），元載既誅魚朝恩之後，代宗對他寵任益厚，而元載也因此日益驕橫，每在眾人面前大言，自誇有文武才略，古今無人能及，到處弄權舞智，宦吏都必須透過賄賂他，才能有被任用的機會，而且僭侈無度。後來代宗知道元載行為，因為顧念他任政已久，想要成全他，單獨召見他，鄭重告誡改過自新，惟元載卻仍然惡劣不悛，至此代宗才開始厭惡他。又元載因為忌妒李泌有寵於代宗，因而聯合同黨不斷加以惡意中傷，代宗為保護李泌，不但一時之間不敢將元載治罪，反而藉機任李泌為江西判官，讓李泌藏匿在江西觀察使魏少遊處，而特別囑咐魏少遊善待李泌，等他決意除掉元載後，再讓李泌回京。由此可見當時元載危害朝廷之一斑。

貳、藩鎮剽悍難馴

安史之亂讓唐朝國勢由盛轉衰，又因唐室在平定安史之亂以後，沒有妥善處理降將，及過度擴充政府軍力的關係，而使得當時藩鎮幾乎遍及全國，這不但使唐室的財政陷入困境，而且讓藩鎮得以割地自雄，彼此鬥狠。傅樂成《中國通史》，對唐室為什麼不處理降將和縮

編政府軍力的原因，有很深刻的分析，他說：「安史餘孽之所以無法完全消滅，是由於他們的實力堅強，不易征服。在戰爭期間，唐師屢遭敗創，賴回紇人的助戰，纔擊敗叛軍，而回紇人的紀律極差，唐室又不敢過分倚任。加以肅宗、代宗，缺乏遠見和魄力，只求早日結束戰爭，而不計後果。因此不惜付出極大的代價，以招降叛軍。安史部將歸降的，唐室並不懲處，也不解散他們的武力，反酬以廣大的地盤和節度使的官位。安史餘孽的實力，就這樣被保全下來，終成為帝國內部的巨患。」〔註2〕

傅氏的分析，讓我們了解到所謂節度使、藩鎮，都是因為安史之亂而來的，而且很多都是安祿山舊部，實力堅強。當然我們由此也可以進一步想像，他們大多是胡人，或是胡化甚深的漢人，性情剽悍，愛好打仗，讓他們坐擁土地，又讓他們同時享有抽徵當地賦稅和兵丁的權力，無疑是在安置一顆顆的定時炸彈，更何況他們又藉由通婚的方式來擴大地盤，加強實力，以與中央政府抗衡，索求更多的好處，到此地步，中央政府已一點都不敢過問。

職是之故，自從安祿山之亂以後，唐朝國內的藩鎮之亂，始終是唐室的心腹大患。而若以杜甫此荊湘時期來說，其大大小小的藩鎮之亂，記錄在《資治通鑑・卷二百二十四・唐紀・代宗睿文皇帝》〔註3〕者便有以下數事：

（一）劉洽之亂

大曆三年（西元 768 年）二月癸巳，商州兵馬使劉洽殺防禦使，幸好殷仲卿不久即將之討平。

（二）崔旰與楊子琳之亂

崔旰本為茂州刺史，充山西防禦使，永泰二年（西元 765 年）五

〔註2〕見傅樂成：《中國通史》，台北：大中國圖書公司，民國64年1月增訂十版，頁429～430。

〔註3〕見司馬光：《資治通鑑・唐紀・代宗睿文皇帝》卷224，台北：中華書局珍仿宋版印，頁10～21。

月，郭英乂爲成都尹，十月郭英乂被兵馬史崔旰所殺，邛州牙將柏茂琳、瀘州楊子琳、劍南李昌夔等人，皆起而發兵討伐崔旰。大曆元年（西元 766 年）二月，張獻誠與崔旰戰，敗於梓州，八月，杜鴻漸到蜀，上疏向代宗請求，將節度使一職讓給崔旰，以崔旰爲劍南西川節度行軍司馬，柏茂琳爲邛南節度使，才終於讓他們各自罷兵。

大曆三年（西元 768 年）四月，崔旰入朝，以其弟崔寬爲留後，不久瀘州刺史楊子琳帥精騎數千，乘虛突入成都，朝廷聞說，加崔旰檢校工部尚書，賜名寧遣還本鎮。直到六月，崔寬與楊子琳數度交戰都失利，七月時，崔寧的妾任氏，典賣家財數十萬，募兵得數千人，帥以擊楊子琳，才終於把楊子琳打敗，趕出成都之外。

大曆四年（西元 769 年）二月，被趕出成都的楊子琳，回到瀘州招聚亡命，得數千人，東下，聲言入朝，涪州守捉使王守仙伏兵黃草峽，想不到全數被楊子琳擒住，而且擊王守仙於忠州，王守仙最後只以身免。楊子琳於是殺夔州別駕張忠，據其城，荊南節度使衛伯玉想勾結楊子琳作爲奧援，竟然答應把夔州讓給楊子琳，而且還爲他向代宗請命，此時正好陽曲人劉昌裔，勸楊子琳遣使到朝廷請罪，楊子琳聽從之。乙巳，代宗以楊子琳爲峽州團練使，至此，也才終於暫時平息楊子琳之亂。

（三）朱希彩之亂

大曆三年（西元 768 年）六月壬辰，幽州兵馬使朱希彩，經略副使昌平朱泚，朱泚之弟朱滔，共殺節度使李懷仙，朱希彩自稱留後，閏月，成德軍節度使李寶臣遣將將兵討朱希彩，不料被朱希彩所敗，朝廷不得已，只好寬宥朱希彩。庚申以王縉領盧龍節度使，丁卯以朱希彩領幽州留後。乙亥，王縉到幽州，朱希彩盛兵嚴備以迎之，王縉晏然而行，朱希彩迎謁非常恭敬，王縉自度無法制服他，勞軍十多天而還。十一月丁亥，代宗爲息事寧人，以幽州留後朱希彩爲節度使，才把朱希彩安撫住。

（四）李岾之亂

　　大曆三年（西元 768 年）九月，穎州刺史李岾以事忤逆了滑亳節度使令狐彰，令狐彰派節度判官姚鑰按行穎州，因而取代李岾統領州事，而且說李岾如果不接受取代就殺掉他，李岾知道後極為生氣，因此激怒將士，讓他們殺掉姚鑰，當時與姚鑰同死者有百餘人。李岾畏罪，走依河南節度使田神功於汴州，冬十月乙巳，令狐彰上表陳言李岾罪狀，而李岾竟然也上表自我辯解，代宗無法定奪，派給事中賀若察往按之。

　　大曆四年（西元 769 年）春天正月壬午，宣詔決李岾配流夷州，辛卯又賜他自盡，才終於結束了這場紛爭。

（五）許杲與康自勸之亂

　　大曆三年（西元 768 年），平盧行軍司馬許杲，將兵三千人駐濠州，不肯離去，有覬覦淮南的企圖，淮南節度使崔圓令副使元城張萬福攝濠州，許杲聽說，立即領軍離去，停軍在當塗，這年，代宗召張萬福為和州刺史，行營防禦使討杲，張萬福至州，許杲害怕，移軍上元，又北至楚州大肆搶劫，淮南節度使韋元甫命張萬福追討之，未至淮陰，許杲被其將領康自勸驅逐，而康自勸則繼續擁兵掠奪，循著淮水而東，張萬福倍道追而殺之，免於死者只有十之二、三，韋元甫將要厚賞將士，張萬福說：「官健常虛費衣糧無所事，今方立小功，不足過賞，請用三分之一。」他可以說是當時少見的好官吏。

（六）王無縱與張奉璋之亂

　　大曆四年（西元 769 年），河東兵馬使王無縱、張奉璋等恃功驕蹇，代宗以王縉書生易之，多違約束。縉受詔發兵，將到鹽州防秋，派遣王無縱、張奉璋率領步騎三千赴之，張奉璋逗留不進，王無縱則推託有事也不肯出兵，而且擅入太原城，王縉悉數將他們擒斬之，連同其同黨七人也一併論斬，諸將之悍戾者終於全部清除，軍府才安定下來。

（七）臧玠之亂

　　大曆五年（西元 770 年）夏天四月庚子，湖南兵馬使臧玠殺觀察使崔瓘，澧州刺史楊子琳，以及裴虯、陽濟等人各起兵討之，楊子琳索取賄賂而還。

　　以上這些藩鎮之亂，我們可推究出一個共同原因，即他們擁有太大的自主權又貪婪無度，而且好戰成性。至於他們作亂之後的結果，其中強橫不屈而被論斬者不說，其他只要是他們能向代宗表示悔意者，就不但不會受到處分，反而可以因此得到更高的職位，更大的利益，而代宗姑息養奸的放任心態也由此可見。

參、外患寇邊日亟

　　唐朝的外患主要來吐蕃、回紇和南詔，而若以杜甫的此荊湘時期來說，吐蕃和回紇，則是當時朝廷的最大憂慮，也是影響當時人民生命財產非常嚴重的外患。我們先說吐蕃：

（一）吐蕃

　　安祿山之亂以後，吐蕃趁著唐室局勢不穩定，在肅宗乾元年間之後，便不斷騷擾邊境，《舊唐書・吐蕃列傳》便記載了吐蕃犯邊的情況。當時吐蕃日蹙邊城，或為虜掠傷殺，人民因此而轉死溝壑者不計其數。數年之後，鳳翔之西，邠州之北，盡成蕃戎之境，總計湮沒者有數十州之多。〔註4〕當時杜甫四十七歲，在華州。

　　到了代宗即位，吐蕃擾邊的情況越來越嚴重，廣德元年（西元763 年）九月，吐蕃寇陷涇州，十月，寇邠州，又陷奉天縣，代宗派遣中書令郭子儀西禦。而吐蕃則以吐谷渾、党項羌之眾二十餘萬人，自龍光度而東，逼得郭子儀只好退軍，京師因此失守，代宗匆忙之中，車駕幸陝州。在這段期間，衣冠戚里幾乎都逃往南方的荊襄一帶，或是隱竄在山谷之間，不料六軍將士卻持兵剽劫，阻絕去路，郭子儀領

〔註 4〕同註1，〈吐蕃上〉卷196上，頁5236。以下有關吐蕃之敘述，亦見此列傳〈吐蕃上、下〉，頁5236～5244。

部曲數百人及妻子僕從，以及駝馬車牛數百輛，也曾一度困在牛心谷不得動彈，後來聽從中書舍人王延昌、監察御史李萼的建議，南保商州，幸好此時吐蕃居城十五天後即自行退去，官軍才終於收復上都，而以郭子儀爲留守。當時杜甫五十二歲，在梓州。

此後五年，吐蕃又經常不定期犯邊，當時已是大曆三年（西元768 年）。這一年春天正月，杜甫自夔州出峽來到江陵。又此後的三年，即大曆三年、四年、五年，杜甫雖然自入蜀到現在至少已經有十年的時間，但是他仍然經常感嘆吐蕃的犯邊不已，因爲在這三年當中，吐蕃又有幾次大規模的進犯。

大曆三年（西元768 年）八月，吐蕃帥眾十萬人寇靈武，大將尙悉摩寇邠州，幸好邠寧節度使馬璘破二萬餘眾。九月，吐蕃寇靈州，幸好被朔方騎將白元光擊破，不久白元光又擊破吐蕃二萬眾於靈武，而關內副元帥郭子儀也在靈州擊破吐蕃六萬餘眾。十二月，吐蕃侵犯西疆，幸好劍南西川先後也破了吐蕃萬餘眾。

大曆五年（西元770 年）五月，代宗爲了防備吐蕃的侵犯，徙置當、悉、拓、靜、恭五州於山陵要害的地方，以繼續圍堵吐蕃的入侵。而至於回紇的情形又是如何？

（二）回紇

「回紇」在《舊唐書・迴紇傳》中作「迴紇」。回紇是匈奴後裔，最初與唐室大體相安無事，安史之亂發生後，曾經四次遣兵入援，幫助唐室收復兩京，肅宗遇之甚厚。唯回紇貪無厭，每因此邀功索報，甚至大肆劫掠坊市及汝、鄭等州，弄得人民比屋蕩盡，人民悉以紙爲衣，或有衣經者。

代宗即位以後，仍然一本肅宗忍氣吞聲的態度，對回紇需索一意縱容，甚至用一匹馬換四十匹絹的方式，大量接受回紇所傾銷的病馬，據傅樂成《中國通史》所述，當時「僅代宗一朝的十七年間，唐室因買馬用去的絹，便有一千五百萬匹以上。此外並欠了許多馬債，一直未能清償。……但事實上唐室並沒有買到多少有用的馬，代宗大

曆中，號稱『國之北門』的朔方節度使區，僅有馬三千匹。」〔註5〕
再加上代宗對吐蕃的不斷侵犯實有深切恐懼，因此由郭子儀建立了聯
合回紇對付吐蕃的外交政策，而由此使回紇更為囂張放膽。

　　據《舊唐書・迴紇傳》記載，大曆三年（西元 768 年），回紇在
助白元光擊敗吐蕃之後，唐室為了表示報答，「上賜宴於延英殿，錫
賚甚厚。閏月，子儀自涇陽領僕固名臣入奏，迴紇進馬，及宴別，前
後賚繒綵十萬匹而還。時帑藏空虛，朝官無祿俸，隨月給手力，謂之
資課錢。稅朝官閏十月、十一月、十二月課以供之。」〔註6〕

　　由以上敘述我們可以想像，當時唐室為了平定國內的安史之亂，
和對付頑強的吐蕃，是多麼地巴結並拉攏回紇，而即使回紇對唐室的
內亂和外患，或許有某些程度上的幫助，但是他們所帶來的後患，其
實和吐蕃對唐室的傷害是一樣的。

　　了解了唐朝當時的國內外局勢之後，現在我們再進一步來分析當
時國家的財經問題。

第二節　在財經方面

　　財經這方面的問題，和當時的政治問題一樣，也在劇變中持續急
速地滑向谷底。現在我們可以從田賦、雜稅和幣制三方面，來了解當
時的情況。

壹、空有授田之名，賦重遂為民病

　　唐初行租庸調法，輕徭薄賦，為民置產，百姓生活既安定又富足，
但是自武后掌政以後，民避徭役，逃亡漸多，田地多轉入豪強之手，
官吏不再辦理回收授田等工作；安史亂生，戶籍頓減，更難整理，租
庸調法至此弊壞不可行。肅宗、代宗對此情形，雖然先後曾經試圖以
青苗錢，即以畝徵稅的方式改善之，但是效果不彰，其弊壞情形仍然

〔註5〕同註2，頁440。
〔註6〕同註1，〈迴紇〉卷195，頁5195～5207。

繼續荼毒著百姓，直到德宗即位，用宰相楊炎之議行兩稅法，他視民財力而課稅的方法，才暫時穩住了幾乎崩潰的田賦問題。

　　由上可知，從安史之亂以後，到德宗行兩稅法之前的那一段時間——即肅宗和代宗在位的那段時間，是當時田賦問題最嚴重的時候，而這個時候，則正是杜甫浪跡南方邊陲，欲北歸而求之不得的時候。錢穆《國史大綱》曾轉述了史書上的這一段記載說：「史稱肅宗至德後，天下兵起，人口凋耗，版圖空虛。賦斂之司，莫相統攝，紀綱大壞。王賦所入無幾，科斂凡數百名。廢者不削，重者不去。吏因其苛，蠶食於人。富人多丁者，以宦學釋老得免。貧人無所託則丁存。故課免於上而賦增於下。是以天下殘瘁，蕩為浮人。鄉居土著者，百不四五。炎疾其弊，乃請為兩稅法。」〔註7〕錢先生的這一段記載，可以說是具體呈現了當時的田賦問題。而當時的田賦問題如此，雜稅的問題又是如何？

貳、雜稅與民爭利，剝削百姓

　　關於這些事實，傅樂成在他的《中國通史》〔註8〕一書中，也有很清楚的敘述。所謂雜稅，大致是指鹽、酒、茶、關、礦等五種稅課，這類雜稅的課徵，多半實施於安史之亂以後，雖然唐朝前期也課徵某些雜稅，但稅賦很輕，也並非政府的主要收入，但是從這個時候開始，它卻變成了政府的大宗利源，也是與民爭利的事實。這五種雜稅當中，其中與杜甫晚年時期相關的有鹽稅與酒稅。

　　先說鹽稅，肅宗乾元元年（西元758年）開始將鹽收歸官賣，代宗時，劉晏為鹽鐵使，改為官賣商銷，在產鹽之處仍置亭戶以製鹽，而由商人批發，再往各地出售。至於酒稅，代宗時開始徵收，廣德二年（西元764年），唐室命令全國各州，自行規定其州「酤酒戶」的釀酒數量，按月納稅，此外不問公私，一律禁止釀造。除了這些之外，

〔註7〕見錢穆：《國史大綱》，台北：台灣商務印書館，民國64年5月修訂二版，頁318。
〔註8〕同註2，頁474～476。

政府還有種種苛斂，大多都是為供應政府的急需而徵，譬如代宗時，便曾經增加田稅，並且徵收戶稅。

參、幣制混亂失控，民生艱困

對於這個問題，傅樂成《中國通史》也記載甚詳。〔註9〕錢幣私鑄問題在隋末時便已經很嚴重，唐朝之後，雖然歷經幾位皇帝的努力，卻仍然無法遏止盜鑄之風。肅宗乾元年間，為了對抗盜鑄，先後在宰相第五琦的主持下，鑄造了每千重十斤、以一當開元通寶十的「乾元重寶」，和每千重十二斤、以一當開元通寶五十的「重輪乾元錢」兩種錢幣，但是卻無法停止人民使用高祖時所鑄的「開元通寶」錢的習慣，於是當時三種錢幣同時通行，幣制屢更的結果，物價騰貴，百姓因無力維生，貧餓而死者充滿道路。代宗即位後，雖然改為無論大錢小錢，都以一當一，使百姓方便使用，甚至廢掉乾元、重輪二錢，統一使用開元通寶錢。不過，盜鑄之風仍然始終不能戢止。

以上便是杜甫荊湘時期前後，當時國家社會環境之情況，綜合我們所看到的當時之各種怪現象，可以想像，那正是一個大時代將瀕臨衰落前的徵兆。

〔註 9〕同註2，頁 476。

第三章　荊湘行腳

　　杜甫自大曆三年（西元768年）春天正月，離開夔州出瞿塘峽東下江陵漂泊之後，到大曆五年（西元770年）冬天，死於潭岳之間為止，前後總計有三年時間。

　　在這三年的時間裡，他攜帶著全家人，一路向南方行去，都是以船隻作為交通工具，起先走過瞿塘峽、巫峽、西陵峽，然後在江陵停留幾個月，到了秋天，他南下荊南並入公安，在公安一直待到暮冬，暮冬以後他南下岳州，在岳州停留不到一個月，在隔年，也就是大曆四年（西元769年）正月，便進到洞庭湖，不久又由洞庭湖南泝湘江往南行，在二、三月間抵達潭州，但是他在潭州也停留不到一個月，便又繼續南行到衡州，到了衡州，正值炎熱夏天，難耐暑熱的他，在衡州只短暫停留，便又再度匆匆返回潭州，並在潭州一待就是一年，直到隔年（西元770年）夏天，因為潭州發生臧玠之亂，為了躲避兵亂，才又不得已南下衡州，並且一度泝郴水而上，欲前往郴州投靠舅氏崔偉，但是不幸船到耒陽，碰到江水大漲，泊於方田驛，斷糧半旬，幸好耒陽縣令聶氏，急速為致牛炙白酒，才不致餓死，不久他迴船順郴水而下，回到衡州，並在衡州停留到暮秋後，決定留別湖南諸幕府親友，返回北方，怎奈卻在北歸途中，客死於潭岳之間，殯葬岳陽。

　　杜甫這三年的遭遇，其飄零落拓程度，更甚於以前各個時期，因為他在這三年裡，舟楫奔波幾乎不曾止息，而親朋好友的物質資助，

卻幾乎完全斷絕。不過也因為如此，使得他這個時期的詩歌中，出現許多異於以前的，具有水上情調的作品，現在就讓我們來了解他這一方面詩歌的大概。

第一節　悲喜參半作楚客

壹、思歸心切走三峽

　　長江三峽——瞿塘峽、巫峽、西陵峽，橫跨在現在的四川與湖北二省之間。長江過了白帝城之後，兩岸連山，江面驟窄，水流湍急險惡，蜀中二百八十條江水匯注於峽中，二百公里之間，水位落差達二百公尺，因此江中之水一瀉千里。杜甫當時去夔出峽，即由此處放船。夔門乃三峽入口之處，北邊赤甲，南邊白鹽，二山相對如門，俯瞰著灩澦堆，關於灩澦堆的險惡地勢，《太平寰宇記》如此記載：「灩澦堆周圍二十丈，在夔洲西南二百步，蜀江中心瞿塘峽口，多水淺，屹然露百餘尺，夏水漲沒數十丈，其狀如馬，舟人不敢進。」而後人諺語也說：「灩澦大如馬，瞿塘不可下；灩澦大如鱉，瞿塘行舟絕；灩澦大如龜，瞿塘不可闚；灩澦大如璞，瞿塘不可觸。」而瞿塘峽便是由此處開始的。

　　杜甫帶著一家人將要前往江陵，就這樣一路往地勢險惡、水流湍急的瞿塘峽航行。《水經注》云：「（瞿塘峽）其間三十里，頹巖倚木，厥勢殆交。」又云：「峽中有瞿塘、黃龕二灘，夏水迴復，沿泝所忌。」〔註1〕

　　過了瞿塘峽便是巫峽，《水經注》云：「江水又東逕巫峽，杜宇所鑿以通江水也。」又云：「其首尾間百六十里，謂之巫峽，蓋因山為名也。自三峽七百里中，兩岸連山，略無闕處。重巖疊嶂，隱天蔽日，

―――――――――――――――

〔註 1〕見酈道元：《水經注・江水》卷 33，（世界文庫四部刊要・中國史學名著之一），台北：世界書局，頁 424。以下本論文所引之《水經注》內容，皆為同一版本。

自非亭午夜分，不見曦月。至於夏水襄陵，沿泝阻絕。……春多之時，則素湍綠潭，迴清倒影，絕巘多生檉柏，懸泉瀑布，飛漱其間，清榮峻茂，良多趣味。每至晴初霜旦，林寒澗肅，常有高猿長嘯，屬引凄異，空谷傳響，哀轉久絕。」〔註2〕由此可見巫峽地勢的險惡。

　　過了巫峽則是西陵峽，西陵峽是三峽的最後一段，《水經注》引《宜都記》云：「渡流頭灘十里，便得宜昌縣。江水又東逕狼尾灘，而歷人灘。……江水又東歷黃牛山下，有灘名曰黃牛灘。」又引《宜都記》云：「自黃牛灘東入西陵界，至峽口百許里，山水紆曲，而兩岸高山重障，非日中夜半，不見日月。絕壁或千許丈，其石彩色形容，多所像類。」〔註3〕

　　當時他們一家人沿途行經這一條重巖疊嶂，古木參天，風景絕佳，但也處處暗藏致命漩渦的三峽，性命遭受空前威脅，驚訝駭歎之下，不禁記下眼前景象的點滴，譬如：

> 窄轉深啼狖，虛隨亂浴鳧。石苔凌几杖，空翠撲肌膚。
> 疊壁排霜劍，奔泉濺水珠。杳冥藤上下，濃淡樹榮枯。
> 神女峰娟妙，昭君宅有無。
>
> （〈大曆三年春，白帝城放船出瞿唐峽，久居夔府，將適江陵，漂泊有詩，凡四十韻〉）──（卷18，頁903～904）

此處所引的第一、二句，山水並言，既寫高處的山崖啼狖，又記低處的水中浴鳧；三、四句，把空間縮小，寫舟行峽中，兩岸石苔矗立，寒氣撲人之狀；五、六、七、八句，則續寫其在舟中所見，凡是疊壁、奔泉、垂藤，以及濃淡榮枯相間的樹，悉數流入筆下；九、十句，又把視線拉大，遙望傳說中的神女峰和昭君宅以抒情。用前後十句的篇幅，概括敘說了長江三峽沿途風景之清新引人的一面。

　　當然，長江三峽除了這美好的一面外，它令人聞之色變的一面，也是杜甫終身難忘的經驗：

〔註2〕同上註，卷34〈江水〉，頁426。
〔註3〕同註1，卷34〈江水〉，頁428。

擺闔盤渦沸，欹斜激浪翰。風雷纏地脈，冰雪曜天衢。
鹿角真走險，狼頭如跋胡。惡灘寧變色？高臥負微軀。
書史全傾撓，裝囊半壓濡。生涯臨臬兀，死地脫斯須。
（〈大曆三年春，白帝城放船出瞿唐峽，久居夔府，將適江陵，漂泊
有詩，凡四十韻〉）——（卷18，頁904）

此段十二句，與上引十句的清新引人截然不同。沸揚的漩渦發出若風
雷船的轟隆聲，拍擊在岩石上的激浪則白如冰雪，而鹿角灘和狼頭灘
浚激奔暴，魚鱉所不能游的驚險，更讓他經歷了一場前所未有的，生
死一瞬間的恐懼。

貳、心曠神怡過宜都

江水出峽以後，向東南方向流去，便逕至故城洲，故城洲尚在夷
陵縣境。江水過了故城洲，又東南便到夷道縣北。夷道縣也就是杜甫
寫下〈大曆三年春白帝城放船出瞿塘峽久居夔州將適江陵漂泊有詩凡
四十韻〉一詩的宜都，宜都縣屬峽州，以前漢武帝時稱夷道，王莽更
名為江南，桓溫改為西道，魏武分南郡，置臨江郡，劉備將之改為宜
都，郡治在縣東四百步，故城為吳丞相陸抗所築，居兩江之會。長江
出峽之後，地勢平坦，水流亦因此順暢少波瀾，《水經注》說：「（故
城）北有湖里淵，淵上橘柚蔽野，桑麻闇日，西望佷山諸嶺，重峰疊
秀，青翠相臨，時有丹霞白雲，游曳其上。城東北有望堂，地特峻，
下臨清江，遊矚之名處也。」〔註4〕

在經歷了一場生死交關的搏鬥之後，他船行到這裡，發現危險已
經過去，心中驚恐明顯放下，對著眼前祥和的景象，杜甫不禁期盼船
隻趕快到達宜都：

不有平川決，焉知眾壑趨。乾坤霾漲海，雨露洗春蕪。
鷗鳥牽絲颺，驪龍濯錦紓。落霞沉綠綺，殘月壞金樞。
泥筍苞初荻，沙茸出小蒲。雁兒爭水馬，燕子逐檣烏。
絕島容煙霧，環洲納曉晡。前聞辯陶牧，轉盼拂宜都。

〔註4〕同註1，卷34〈江水〉，頁429。

（〈大曆三年春，白帝城放船出瞿唐峽，久居夔府，將適江陵，漂泊
有詩，凡四十韻〉）──（卷18，頁904～905）

宜都已在長江三峽之外，地勢平坦，水流平順，又因已遠出三峽，所
以原本一路重山峻嶺，遮天蔽日景象，換成一片廣袤無垠的良田美
池，丹霞白雲。杜甫舉目四望，周遭翠綠鮮嫩的春景，使他目不暇給。
寬闊的江水裡，各色魚兒在水中跳躍，天邊的落霞殘月倒映水中，江
邊平蕪上盡是綠芽嫩草，荻筍含著泥土，蒲茸從沙中冒出頭來；天上
的鷗鳥、雁兒、燕子則成群結隊，自由自在飛翔。他此時愉悅的心情，
可說是全然反映在字裡行間。

這種愉悅心情，也很明顯地，暫時沖淡了杜甫自己長期以來奔走
道路，漂泊無根的感傷。因此當船繼續行走，來到古城店時，他被眼
前美景緊緊抓住整個感官：

老年常道路，遲日復山川。白屋花開裡，孤城麥秀邊。
濟江元自闊，下水不勞牽。風蝶勤依槳，春鷗懶避船。

（〈行次古城店汎江作，不揆鄙拙，奉呈江陵幕府諸公〉）──（卷
18，頁910）

故城洲是當年吳國西陵督步騭所興建的，江水又東，便到達故城北，
故城就是所謂的陸抗城，整座城即山為墉，四面天險。杜甫行船至此，
心中有感寫下這首詩，全詩共十二句，以上所引為前八句，他在詩中，
從第三句到第八句，以多達六句的篇幅描寫眼前景色，先是近看，白
屋被一片花海圍繞，再是遠望，孤城就矗立在結實纍纍的麥田邊，開
闊水面上來來往往的船隻，順著水流而行，根本不需要船夫牽挽，而
隨著輕風翩翩起舞的蝴蝶，更是不停地在船槳邊飛來繞去，水鷗親
人，對來船一點兒也不閃避。

江水過了宜都之後，又東南流便進入江陵府所治各縣。第一個經
過的縣是枝江縣，過了枝江縣，又東南就到松滋縣，《舊唐書‧地理
志》說：「松滋，漢高城縣地，屬南郡。松滋，也是漢縣名，屬廬江
郡。晉時松滋縣人避亂至此，乃僑立松滋縣，因而不改。」〔註5〕船

─────────────

〔註5〕見《舊唐書‧地理二》卷39，台北市：鼎文書局，頁1553。

行到此處，杜甫已越來越接近朝思暮想，急欲前往的江陵。而由以下
這首詩，我們更可以看出死裡逃生之後的他，此時十分滿足於眼前境
況之一斑：

> 紗帽隨鷗鳥，扁舟繫此亭。江湖深更白，松竹遠微青。
> 一柱應全近，高唐莫再經。今宵南極外，甘作老人星。
>
> （〈泊松滋江亭〉）──（卷 18，頁 910）

松滋縣距離江陵縣已經不遠，出峽之後，一路行來盡有美景相伴，現
在船隻來到松滋縣，停泊在松滋江亭，眼前景色依然是令人賞心悅
目。全詩共八句，詩人用前四句描寫松滋亭附近之景色，近處鷗鳥繞
船相隨，江中的水因為水位很深，看起來更顯得清澈乾淨，而遠方松
竹則含著微微的黛影。

　　江水繼續東流，過了公安縣北部後，折而向北，真正進入了江陵
縣南部一帶，花了三個月，杜甫終於來到夢寐期待的江陵，這時候是
大曆三年（西元 768 年），暮春三月時節。

參、暑雨蒸濕困江陵

　　江陵是杜甫出長江三峽之後，第一個準備停留下來，並且短期定
居的地方。它屬於古荊州之地，名稱隨著歷代君王對地理區域劃分之
不同而數度改變。到了唐朝，高祖受天命之初，將郡改為州，並在其
緣邊鎮守，以作為襟帶之地後，後來便一直設置有總督府以統領軍
戎，高祖武德七年（西元 624 年），將總督府改為都督府。太宗貞觀
元年（西元 627 年），令悉併省，並且居於山河形便，把天下國土分
為十道。[註6] 開元二十一年（西元 733 年），將原來十道中的山南道，
二分為東西兩道，江南道也二分為東西兩道，另外又增加京畿採訪使、
都畿和黔中三道，總共分天下為十五道。到了肅宗至德年間之後，由

〔註6〕同上註，卷 38〈地理一〉：「貞觀元年，悉令併省，始於山河形便，
　　　分為十道：一曰關內道，二曰河南道，三曰河東道，四曰河北道，
　　　五曰山南道，六曰隴右道，七曰淮南道，八曰江南道，九曰劍南道，
　　　十曰嶺南道。」頁 1384。

於當時中原用兵，因此刺史皆兼治軍戎之事，而有防禦團練制置之名，並且在要衝大郡設置節度以禦寇，等到盜寇稍息，才改以觀察之號。

　　杜甫當時一路所行經的江陵、公安、岳州、潭州、衡州等五個地區，乃屬於邊境之地，因此除了分屬於「道」之外，又有節度使和觀察使等員額的設置。其中，江陵、公安屬山南東道，由荊南節度使統管，岳州、潭州、衡州屬江南西道，岳州由武昌軍節度使統管，而潭州、衡州則由湖南觀察使統管。

　　當杜甫在江陵停留期間，原本期待有親友資助，但卻都因故落空，生活陷入困境，又得不到當地官僚及仕紳的適時援助，沮喪之餘，他曾經一度暫時移船到附近小邑，過著船居生活。因此而有以下一系列如〈水宿遣興奉呈群公〉、〈遣悶〉、〈江邊星月二首〉、〈舟月對驛近寺〉、〈舟中〉等描寫水岸景物之詩歌，這些詩歌有的描寫日景，有的描寫夜景，有的描寫夏景，有的描寫秋景，譬如下面這首詩，便是描寫天將破曉前的江面：

　　　江月辭風纜，江星別霧船。雞鳴還曙色，鷺浴自晴川。
　　（〈江邊星月二首之二〉）──（卷19，頁924）

全詩共八句，以上是前四句，描寫江上星月將沒，四周只有雞隻在蒼茫的曙色中啼叫，鷺鷥自由自在地在晴川上戲水的景象。而下面這首詩，杜甫則描寫天亮以後的江上情景：

　　　風餐江柳下，雨臥驛樓邊。結纜排魚網，連檣並米船。
　　　今朝雲細薄，昨夜月清圓。（〈舟中〉）──（卷19，頁925）

全詩共八句，這裡所舉為前六句，居於船中，每天餐風臥雨，天方破曉，天上還掛著細薄的白雲，就被舟前結纜繩排魚網捕魚的漁夫，和連檣並列，停泊在岸邊待命的運米船之喧鬧聲吵醒。原來，唐朝自玄宗任第五琦〔註7〕為江淮租庸使，肅宗又加五道度支使以後，淮南道、江南東西道、山南東西道等地，成為國家主要財賦的轉輸區，尤其是山南東道和江南西道，因為正處長江、漢水流域，是肅宗時租庸轉輸

────────────

〔註7〕同註5，卷123〈第五琦〉。

所必經的道路，而其中，江陵又因為地處水道的要塞，〔註8〕所以成為當時一個非常重要的轉運站，經常集結有來自各地的物資。《舊唐書·永王璘傳》便說：「璘七月至襄陽，九月至江陵。時江淮租賦山積於江陵，璘破用鉅億。」〔註9〕杜甫在夏天的大清早，在舟中一覺醒來，看到眼前即景，記下江面上這一幕熱鬧景象，也正好為當時的歷史事件作了見證。

　　江陵的江中，由上面這首詩看來，是熱鬧而忙碌的，不過到了黃昏，我們由下面這首詩看來，則似乎就顯得大大不同了：

　　　　地闊平沙岸，舟虛小洞房。使塵來驛道，城日避烏檣。
　　　　暑雨留蒸溼，江風借夕涼。（〈遣悶〉）——（卷19，頁923）

廣袤的大地與沙岸相連接，當城牆遮住了日頭，天色漸漸暗下來，大家也就放慢步調，開始尋找泊船的地方，以便進入船屋中休息，剛下過的一場暑雨，尚留著蒸騰濕氣，江面上便開始吹來徐徐涼風。這六句，詩人描述出了當時人們忙完一天工作後，將要休息前的準備動作。

　　而到了晚上，當夜深人靜，這裡的水邊則又是另外一種不同的景象：

　　　　行雲星隱見，疊浪月光芒。螢鑒緣帷徹，蛛絲冒鬢長。
　　　　哀箏猶憑几，鳴笛竟霓裳。（〈遣悶〉）——（卷19，頁923）
　　　　更深不假燭，月朗自明船。金剎青楓外，朱樓白水邊。
　　　　城烏啼眇眇，野鷺宿娟娟。皓首江湖客，鉤簾獨未眠。
　　　（〈舟月對驛近寺〉）——（卷19，頁924～925）
　　　　高枕翻星月，嚴城疊鼓鼙。風號聞虎豹，水宿伴鳧鷖。
　　　（〈水宿遣興奉呈羣公〉）——（卷19，頁922）

在上面三首詩中，第一首仍然是〈遣悶〉詩中的句子，杜甫描寫舟中的裡外夜景，一、二句由靜態星雲著筆，為舟外之景，天上的雲被風

〔註8〕同註1，卷34〈江水〉：「至於夏水，襄陵沿泝阻絕，或王命急宣，有時朝發白帝，暮到江陵，其間千二百里，雖乘奔御風，不以疾也。」頁426。
〔註9〕同註5，卷107〈玄宗諸子，永王璘〉。

吹得如在行走一般，微微的星影，掩在雲後忽隱忽現，層層疊浪則映著月色的光芒；三、四句則由動態小昆蟲著筆，爲舟內之景，螢火蟲發出的光突然照得帷帳邊緣通亮起來，蜘蛛在微風牽引中吐絲，蛛絲慢慢地拉長。五、六句再藉由舟外傳來的箏笛之聲，抒發自己內心苦澀的旅情。由這首詩，我們發現江邊的深夜，原來也並非一切都停頓在安靜狀態，相反地，夜不成眠的旅客、夜間活動的小昆蟲，繼續接續白天的生命力，而以另外一種風貌來展現。

　　而由接下來的第二、第三首詩，我們更確實可以深刻感受到，荒郊野外的江邊深夜，它自有其自成一格的特殊情調。清澄的月光，照亮江邊舟船，也勾引出杜甫無限的愁思，獨自不能成眠，只有城烏野鷺的夜啼聲伴著他。

　　不過，夜宿江邊舟中，畢竟不是全然有詩情畫意的趣味，而是一種既辛苦又危險的無奈選擇，令人不寒而慄的虎豹吼叫聲固然可怕，而不時傳來的警報鼕鼓聲，更是足以揪緊杜甫每一根神經，唯恐盜寇又突然侵犯，那麼一家人的生命，將瞬間化爲烏有。

　　爲什麼江陵在晚上要由駐兵隨時嚴防固守？原來江陵在當時並不只是一個重要的物資轉輸地而已，因爲它的地理位置特殊，所以自古以來，這裡就是兵家防守的要地，《水經注》對它便有這樣的敘述：江陵縣之縣北有洲，號曰枚迴洲，長江之水自此兩分而爲南北江，北江有故鄉洲，下有龍洲，洲東有寵洲，其下爲邴里洲，江水再東到燕尾洲北，附近小水匯集入江，江水再東，即入江陵縣故城南，故城爲三國蜀之關羽所築，江陵城地勢向東南傾斜，因此自靈溪開始，緣以金堤。而晉桓溫令陳遵整建西陵城時，陳遵派人打鼓遠聽之，知地勢高下，依傍創築，略無差池。〔註10〕由此可知，三國的關羽、晉的桓溫，都曾經把江陵當作守衛的據點，加以嚴格防守。杜甫水宿江邊，半夜裡不斷聽到從守衛森嚴的江陵城，傳來陣陣的鼕鼓聲，也正好印證了《水經注》中，強調江陵是一個地理位置很重要的說法。

〔註10〕同註1，卷34〈江水〉，頁430～431。

在江陵待了幾個月，始終等不到接濟的杜甫，最後決定以舟楫代替步行，姑且先離開江陵再作打算。而當時已是秋天時節，因此以下這首詩，充滿了秋意：

> 更投何處去，飄然去此都。形骸原土木，舟楫復江湖。
> 社稷纏妖氣，干戈送老儒。百年同棄物，萬國盡窮途。
> 雨洗平沙淨，天銜闊岸紆。鳴螿隨泛梗，別燕起秋菰。

（〈舟出江陵南浦奉寄鄭少尹審〉）──（卷 19，頁 938～939）

當舟出江陵南浦，剛下過的一場秋雨，把沙岸沖洗得非常乾淨，向遠處看去，天與寬闊彎曲的江岸相接在一起，眼中所見，在不知不覺之中，已換成蕭瑟秋景──寒螿隨著泛梗而鳴，一群群的別燕，自叢叢秋菰中飛起。當然，這幅秋景，勾起的是杜甫對自己當時「棲託難高臥，飢寒迫向隅。寂寥相呴沫，浩蕩報恩珠。」遭遇的更多感傷。

肆、蕭瑟淒涼移公安

經過一段時間的猶豫躊躇之後，杜甫在秋末移居公安縣，並在公安縣度過將近三個月嚴寒的冬天，認識不少人，但是生活憑藉卻依然無著落，於是在暮冬的某一個清晨，他又由公安出發，再度繼續尋找生活依靠，因為當時已是深冬時節，沿途景物更加蕭條凋零：

> 北城擊柝復欲罷，東方明星亦不遲。
> 鄰雞野哭如昨日，物色生態能幾時？
> 舟楫眇然自此去，江湖遠適無前期。
> 出門轉盼已陳跡，藥餌扶吾隨所之。

（〈曉發公安〉）──（卷 19，頁 948）

抱著病體、扶著藥餌的他，一大清早便在江口準備出發，耳中傳來的是一聲又一聲示警的擊柝聲，鄰近野雞仍像昨日一樣啼晨，心中充滿不確定感的杜甫，卻感傷於物色生態的變動不居，瞬息變化。

公安縣在江陵縣南方。《舊唐書·地理志》說：「吳，屬縣地。漢末左將軍劉備，自襄來鎮此，時號左公，乃改名公安。」[註11] 長江

────────────

〔註11〕 同註5，卷39〈地理二〉，頁 1553。

江水由其縣北流過，《水經注・江水》說：「（江水）又東，右合油口，又東逕公安縣北，劉備之奔江陵，使築而鎮之。」〔註12〕它的縣治故城稱爲孱陵，後爲劉備孫夫人（即孫權之妹）所更修，背油水而向澤，〔註13〕諸水流會注，無高山阻擋，地勢低漥，清同治年間編修的《公安縣志》序便說：「公安爲岷江南入洞庭故道，無崇山峻嶺之阻，沮洳卑溼，眾流所趨，水漲輒成巨浸，縣治倚堤爲固。」〔註14〕由此可知，公安縣在當時也是一個古來兵家防守的據點，杜甫一大早就聽到公安北城傳來陣陣擊柝聲，也正好印證了公安縣的歷史地位。

　　杜甫從公安出發後，一路繼續往南行，中途經過劉郎浦，當時夜更深，景物也更蕭條：

　　　　掛帆早發劉郎浦，疾風颯颯暗亭午。
　　　　舟中無日不沙塵，岸上空村盡豺虎。

　　　　（〈發劉郎浦〉）──（卷19，頁948～949）

全詩共八句，此爲前四句。杜甫的船晝行夜宿，這天一大清早，夜宿江邊的他，掛起船帆，準備再從劉郎浦出發，繼續他那沒有明確目標的茫茫旅程。船隻行於江中，颯颯吹著的北風，使得雖然已是中午時分，天色看起來仍是一片昏暗，舟內每天都被滾滾飛揚的沙塵蒙上一層灰土，而岸上人家，則因爲戰亂，死的死、逃的逃，早已經成爲一座空村，只留下到處橫行的豺虎足跡。杜甫筆下的酷冬殘落景象，顯然已與春夏時節，一片天朗氣清，到處紅花綠葉景象截然不同。不過以上兩首詩所記，都只是深冬時白天的景物，而下面這一首，他則描繪了深冬夜裡的江上景色：

　　　　夜聞篳篥滄江上，衰年側耳情所嚮。
　　　　鄰舟一聽多感傷，塞曲三更欻悲壯。
　　　　積雪飛霜此夜寒，孤燈急管復風湍。

〔註12〕同註1，卷35〈江水〉，頁432。
〔註13〕同註1，卷37〈油水〉，頁463。
〔註14〕見《湖北省公安縣志》（一），（中國方志叢書・華中地方），台北：成文書局，頁3。

君知天地干戈滿，不見江湖行路難。

（〈夜聞觱篥〉）──（卷 19，頁 950）

仇兆鰲注引《樂府雜錄》云：「觱篥者，本龜茲國樂，亦名悲栗，以竹爲管，以蘆爲首，其聲悲栗，有類於笳。」〔註15〕依然晝行夜宿的杜甫，停舟江邊，深夜孤燈獨挑，舟外積雪飛霜，悲壯的觱篥聲，伴著颯颯寒風聲和激浪聲，使得他除了感嘆亂世流離之外，又兼感傷起自身的不幸遭遇。

伍、決意向南經岳州

一路水行奔波，杜甫抵達岳州時還是深冬時節，強勁的朔風依然呼呼吹著，飛雪依然滿天，不過因爲以白天爲描寫對象，在景致上和〈夜聞觱篥〉，又有一番不同特色：

江國踰千里，山城近百層。岸風翻夕浪，舟雪灑寒燈。

留滯才難盡，艱危氣益增，圖南未可料，變化有鵾鵬。

（〈泊岳陽城下〉）──（卷 19，頁 951）

楚岸朔風疾，天寒鶬鴰呼。漲沙霾草樹，舞雪渡江湖。

吹帽時時落，維舟日日孤。因聲置驛外，爲覓酒家壚。

（〈纜船苦風戲題四韻奉簡鄭十三判官泛〉）──（卷 19，頁 951～952）

以上二首都是五言律詩。岳州屬於江南西道，江南道屬於古揚州南境之地，《舊唐書‧地理志》說：「山南道，蓋古揚州南境，漢丹陽、會稽、豫章、廬江、零陵、桂陽等郡。……爲州五十一，縣二百四十七。」〔註16〕岳州、潭州、衡州，是五十一州中之其中三州。《舊唐書‧地理志‧岳州下》又說：「岳州，隋巴陵郡，武德四年，平蕭銑，置巴州，領巴陵、華容、沅江、羅、湘陰，……在京師東南二千二百三十七里，至東都一千八百一十六里。」〔註17〕由以上資料，我們知道巴陵、華容、沅江三縣都接鄰洞庭湖。

〔註15〕見仇兆鰲：《杜詩詳注‧夜聞觱篥》卷 22，頁 1941。

〔註16〕同註 5，卷 41〈地理五〉，頁 1056。

〔註17〕同註 5，卷 40〈地理三〉，頁 1611。

在第一首中，杜甫說：「江國踰千里」，顯然他的距離概念是正確的，岳州在京師東南二千二百三十七里，到東都也要一千八百一十六里。時值歲末，他來到這座位在洞庭湖邊的山城，在天將晚時，泊於岳陽城下，抬頭望去，岳陽城將近有百層之高，而岸風正翻著夕浪，紛飛的雪花不斷灑在寒燈上，面對此景，杜甫置之死地而後生的悲壯激情不禁油然而生，而決定與其滯留此地等死，不如繼續往南走，或許還有一線生機。

在岳州稍事停留期間，杜甫雖然和當地官吏也保持往來，但是經濟狀況卻還是無法改善，他仍然必須每天水宿湖邊。由第三首詩中，我們清晰可見在大雪紛飛、朔風野大、草樹枯萎埋根在沙底、鶹鳩鳥不斷啼呼的嚴寒裡，那個餓著肚子、不斷努力纜船維舟、帽子卻老是被大風吹落的杜甫之落魄模樣。

第二節　賞心悅目向潭州

渡過冬天已經是大曆四年（西元 769 年），在初春時分，五十八歲的杜甫，為了追求未來的發揮空間，又離開岳州繼續向南方前進。所取道路和先前一樣，仍然是水路，因此他第一步先行船入洞庭湖，第二步再由洞庭湖向南行，最後一步才是進入湘水，再一路泝湘江到潭州。就這樣，他沿途寫下了〈過南岳入洞庭湖〉、〈宿青草湖〉、〈宿白沙驛〉、〈湘夫人祠〉、〈祠南夕望〉、〈上水遣懷〉、〈遣遇〉、〈解憂〉、〈宿鑿石浦〉、〈早行〉、〈過津口〉、〈次空靈岸〉、〈宿花石戍〉、〈早發〉、〈次晚洲〉等十五首紀行詩，記錄他一路所見景物以及行船心情。現在我們且依他當時南行的三個路段以分析之。

壹、春來取道入洞庭

杜甫入洞庭湖之後，有〈過南岳入洞庭湖〉一詩之作，全詩共二十四句，可分三段，前二段寫景，第三段抒情。現在試舉其前二段，以見當地景物：

洪波忽爭道，岸轉異江湖。鄂渚分雲樹，衡山引舳艫。
翠牙穿裛蔣，碧節吐寒蒲。病渴身何去，春生力更無。

（〈過南岳入洞庭湖〉）──（卷 19，頁 954～955）

此為第一段，共八句。敘述舟過南岳時所見景色，這個時候已經進入
春天，融雪加上春雨，使湖水大漲，形成洪波爭道湖景，仇兆鰲注引
朱鶴齡云：「南嶽乃嶽麓衡山，嶽麓為足，在長沙。」又引《唐書》
云：「潭州湘潭縣有衡山。」又引《水經注》云：「湖水廣圓五百餘里，
日月若出沒於其中。」〔註18〕由於洞庭湖面積廣闊，杜甫一過南岳進
入洞庭湖，便馬上感受到洞庭湖的異於一般小江小湖，而此時春天已
到來，大地重新恢復生機，菰蔣和寒蒲紛紛冒出翠綠小芽和嫩節。他
這一路行來，到這裡已整整一年，歷經了從春到夏，從夏到秋，從秋
到冬，如今又重回春天的變化，他記錄了沿途各自不同的景色。如今
隨著船行的越來越進入洞庭湖，雖然是病體虛弱，又不知該往何處
去，但一路賞看兩岸的風土景色，倒也讓杜甫經常不禁而然地發出思
古之幽情：

壞童犁雨雪，漁屋架泥塗。欹側風帆滿，微冥水驛孤。
悠悠回赤壁，浩浩略蒼梧。帝子留遺憾，曹公屈壯圖。

第二段也是八句，全以寫景兼述古跡為主，由這段詩中，我們看到當
地居民的農事操作和生活狀況，壞童在雨雪中犁田，漁屋就架在鬆軟
的泥土上，因為冬天的北風尚未完全歇息，順風而行，帆飽船速，當
回首一看，水驛已遠離而微渺，而赤壁、蒼梧山也都退在遠方了。面
對此景，當年劉備、曹操為爭奪天下，而交鋒征戰的往事，似乎也讓
杜甫為他們唏噓不已。

進入洞庭湖之後，他繼續往南方行船，而當船隻一出洞庭湖南
端，便抵達青草湖，因而有以下之作：

洞庭猶在目，青草續為名。宿槳依農事，郵籤報水程。
寒冰爭倚薄，雲月遞微明。湖雁雙雙起，人來故北征。

（〈宿青草湖〉）──（卷 19，頁 955～956）

〔註18〕同註 15，卷 22，頁 1951。

《水經注》說：「湘水自汨羅口，西北逕磊石山西，而北對青草湖，亦或謂之爲青草山也，西對懸城口。湘水又北得九口，並湘浦也。湘水又東北爲青草湖口。」〔註19〕仇兆鰲注也引《元和郡縣志》說：「巴丘湖又名青草湖，在巴陵縣南，周迴二百六十五里，俗云即古雲夢澤。」又引《名勝志》說：「湖，北連洞庭，南接瀟湘，東納汨羅之水，每夏秋水泛，與洞庭湖爲一，水涸，此湖先乾，青草生焉故名。」〔註20〕由以上這幾段引文，我們可以清楚知道三點：第一，青草湖緊連在洞庭湖南方，在夏秋水泛時，與洞庭湖合而爲一。換句話說，此地只有在冬春水較少時，才有所謂的青草湖出現。第二，湘水在九湘浦之後，再向東北流，與青草湖相接，而爲青草湖之湖口，亦即青草湖爲入湘水之口，因此詩中才會有所謂「洞庭猶在目，青草續爲名。」之句。第三，杜甫欲進入湘水，那麼青草湖爲必經之路，又因當時行經這裡時，還是初春枯水期，因此湖底青草叢生，農民闢地爲田，所以才能夠有如詩中所說的「宿槳依農事」，農夫夜裡宿依在田畔，以防孤舟遇盜的特殊景象。

貳、舟楫南泝湘江水

出了青草湖，杜甫的船終於完全離開洞庭湖範圍，開始進入湘江水域中。在《水經注》中，把湘水從青草湖到潭州之間，劃分成三個大水段，分別是「又北過羅縣西，瀆水從東來流注」之段、「又北，潙水從西南來注之」之段，和「又北過臨湘縣西，瀏水從縣西北流注」之段，而若就縣地來說，則杜甫出青草湖之後，必須走過岳州南部的白沙驛，轉入長沙府的湘陰縣、湘潭縣、益陽縣、長沙縣，最後才能到達潭州（即長沙府城），在這一段水路沿途，素以津渡沙洲、水驛汀浦隨處可見，風光秀麗而聞名。杜甫沿途一路南下，泝著湘水，經過了白沙驛、湘夫人祠、鑿石浦、津口、空靈岸、花石戍、晚洲、喬

〔註19〕同註1，卷38〈江水〉，頁477。
〔註20〕同註15，卷22，頁1953。

口、銅官渚等地，爲清楚見其一路走來的狀況，現在就讓我們依序分析他以下的〈宿白沙驛〉、〈湘夫人祠〉、〈祠南夕望〉、〈宿鑿石浦〉、〈過津口〉、〈次空靈岸〉、〈宿花石戍〉、〈次晚洲〉、〈入喬口〉、〈銅官渚守風〉等詩歌。

一、岳州南部和湘陰縣境

岳州南部和湘陰縣境這個地域，大約是《水經注》中湘水流入長江的倒數第三段，不過，卻是湘水出入洞庭湖的第一段，其出入口，即前面所述的青草湖口。詩人在這裡，沿途作有〈宿白沙驛〉、〈湘夫人祠〉、〈祠南夕望〉等三首詩歌。

首先是〈宿白沙驛〉。杜甫出青草湖口之後，一路向南方泝湘水而上，來到白沙驛，而有〈宿白沙驛〉一詩之作：

> 水宿仍餘照，人煙復此亭。驛邊沙舊白，湖外草新青。
> 萬象皆春氣，孤槎自客星。隨波無限月，的的近南溟。
>
> （〈宿白沙驛〉）——（卷 19，頁 956）

白沙驛距離青草湖不遠，仇兆鰲注引王洙云：「初過湖五里」。〔註21〕此地即《水經注》所謂的白沙戍。《水經注》說：「湖水又北，逕白沙戍西」又引《湘中記》說：「湘川清照五六丈，下見底石如樗蒲矢，五色鮮明，白沙如霜雪，赤崖若朝霞。」〔註22〕由引言可知，此地乃因爲它附近的白沙如霜雪而得名。正如黃生所注的：「曰仍、曰復，見水程非止一日」〔註23〕杜甫自出青草湖之後，日復一日來到這裡，今晚又準備露宿水驛過夜，當來到此地時，天色尚未全暗，餘暉照著水驛，終於又見到人煙聚集，而或許是因爲每天都行走在曠郊野外，他特別注意到季節轉換所帶來的自然景物之變化，「湖外草新青」、「萬象皆春氣」之勾勒，便是他細膩觀察後的影像具現。

〔註21〕同註 15，卷 22，頁 1954。
〔註22〕同註 1，卷 38〈江水〉，頁 477。
〔註23〕同註 15，卷 22〈宿白沙驛〉，所引黃生之說，頁 1954。

　　仍然晝行夜宿的杜甫，船隻繼續泝湘水而上，來到湘夫人祠，此
即前述的所謂黃陵廟，祠在岳州湘陰縣，〔註24〕《長沙府志》說湘陰
縣在郡北一百二十里。〔註25〕《水經注》也說：「湘水又北，逕黃陵
亭西，又合黃陵水口，其水上承大湖，湖水西流，逕二妃廟南，世謂
之黃陵廟也。」〔註26〕路經此處的他，與其他的騷人墨客一樣，來到
這裡總不能免俗的，也要將船靠岸，謁祠憑弔一番以表敬意，因此而
有以下二詩之作：

　　　　蕭蕭湘妃廟，空牆碧水春。蟲書玉佩蘚，燕舞翠帷塵。
　　　　晚泊登汀樹，微馨借渚蘋。蒼梧恨不盡，染淚在叢筠。
　　　（〈湘夫人祠〉）──（卷19，頁956）

全詩以堯之二女，即舜的二妻作為敘述點，記此祠的蕭靜冷清。朽
空的牆壁，被蟲蛀蝕如字書的屋梁，碧水自春，玉珮生蘚，燕子飛
舞在滿佈灰塵的翠帷間，這座充滿美麗神話色彩的廟祠，經由杜甫
憑弔後的文字記錄，留下了它當時祠內、祠外之景物形貌供後人想
像。

　　杜甫既謁湘夫人祠之後，隔天傍晚，由祠南回望湘夫人祠，心中
有感，又有〈祠南夕望〉一詩之作：

　　　　百丈牽江色，孤舟泛日斜。興來猶杖屨，目斷更雲沙。
　　　　山鬼迷春竹，湘娥倚暮花。湖南清絕地，萬古一長嗟。
　　　（〈祠南夕望〉）──（卷19，頁956～957）

在前首中，詩人由近處觀看湘夫人祠的內外之景，而在此首中，他則
由祠南觀看湘夫人祠的遠處之景，看到湘夫人祠四周，夕陽照在用百
丈竹索牽挽的孤舟上，極目光所到之處，天上的雲與江邊的沙連成一

〔註24〕同註 15，卷 3，引朱鶴齡注云：「祠在長沙府湘陰縣」，朱鶴齡是清
　　　　初時人。按：清乾隆十二年刊本之《湖南省長沙府志・疆域》，頁 78，
　　　　亦說湘陰縣屬長沙府。由此可知，清朝時湘陰縣確屬長沙府；但《舊
　　　　唐書・地理三》卷 40，頁 1611，則說湘陰縣屬岳州。杜甫為唐人，
　　　　故應以《舊唐書》所言為是。
〔註25〕見《湖南省長沙府志・卷之三・疆域》（一），（中國方志叢書華中地
　　　　方 299），台北：成文出版社，頁 78。
〔註26〕同註 1，卷 38〈江水〉，頁 477。

片，霧氣瀰漫在山水之間，讓他也不禁想起山鬼春竹與湘女暮花的淒美傳說。杜甫的這番對湘夫人祠之記錄，同樣也成了後代了解當時這一帶地理特色的寶貴參考資料。

二、湘潭縣境

《舊唐書》說：「後漢湘南縣地，屬長沙郡。吳分湘南立衡陽縣，屬衡陽郡。隋廢郡，縣屬潭州。天寶八年，移治於洛口，因改爲湘潭縣。」〔註27〕《長沙府志》則說湘潭縣在郡西南百里。〔註28〕

杜甫離開湘夫人祠之後，船隻仍舊繼續往南方一路前行，進入了潭洲湘潭縣境，他的〈宿鑿石浦〉、〈過津口〉、〈次空靈岸〉、〈宿花石戍〉、〈次晚洲〉五首詩，便都是行經此縣時所作的。現在就讓我們接著來看他對這一段水路山光水色的描述。

在尚未開始討論這些詩歌之前，我們先來了解這些詩歌的前後排列問題，以及這些地方的地理位置。在《杜詩詳注》中，仇兆鰲以鑿石浦、津口、空靈岸、花石戍、晚洲，來排列杜甫一路南行的所經歷路線，因此而有〈宿鑿石浦〉、〈過津口〉、〈次空靈岸〉、〈宿花石戍〉、〈次晚洲〉等五首詩之排次，而仇兆鰲的這種排次，其實其來有自，早在仇兆鰲之前，譬如趙子櫟和盧世㴐等人，便都已經是如此排列，因此在〈宿鑿石浦〉詩的詩前引言中，仇兆鰲提到趙子櫟所作之杜甫《年譜》說：「登潭州，泝湘，宿鑿石浦，過津口，次空靈岸，宿花石戍，過衡山。」〔註29〕又在〈宿花石戍〉的詩後注解中，提到盧世㴐的話說：「……嗣是金華山觀，去通泉十五里山水，清溪驛、鑿石浦、津口、空靈岸、花石戍、晚洲、衡州，莫不隨處點綴，盡妙領佳，統成少陵一部遊記，留譜與人。」〔註30〕而在這個地方中，除了津口我們不能確定其正確地點外，其餘四個中，鑿石浦在湘潭縣西九十五

〔註27〕同註5，〈地理三〉卷40，頁1612。
〔註28〕同註25，〈疆域〉卷3，頁79。
〔註29〕同註15，〈宿鑿石浦〉卷22，詩前引言，頁1961。
〔註30〕同註15，〈宿花石戍〉卷22，詩後注解，頁1961。

里，[註31] 空靈岸在湘潭縣西一百六十里，[註32] 花石戍在縣西，[註33] 晚洲在湘潭縣南一百一十里，[註34] 由《長沙府志》對這四個地方之定位，可知湘水乃是流過湘潭縣西，而杜甫當時即沿著此方位，由北向南，穿過湘潭縣西，向南方的潭州前行的。

以上討論是詩人在這段水路遷徙時所行經的路線。現在就讓我們依次來分析這些詩歌，首先是〈宿鑿石浦〉：

> 早宿賓從勞，仲春江山麗。飄風過無時，舟檝敢不繫。
> 迴塘澹暮色，日沒眾星嘒。闕月殊未生，青燈死分翳。
>
> （〈宿鑿石浦〉）──（卷19，頁960）

由「仲春江山麗」一句，可知杜甫自初春由岳州出發南行以來，到現在已過了一個月，仲春時分的南方，白天景色旖旎秀麗，怡然可人，不過，由於江邊東風野大，無法繫舟夜宿岸邊，他的船只好避入迴塘。又由於白天時是上水逆風，船上賓從都必須助力行舟，過於勞累，因此到了晚上，船上的人都提早休息，及至深夜，月闕星微，四周即成一片漆黑死寂。

離開了鑿石浦，他的船一路來到津口，而有〈過津口〉一詩之作：

> 南岳自茲近，湘流東逝深。和風引桂楫，春日漲雲岑。
> 回道過津口，而多楓樹林。白魚困密網，黃鳥喧嘉音。
>
> （〈過津口〉）──（卷19，頁961）

此詩描寫津口的景物特色，此時距離南岳已越來越近，徐徐和風引著船槳，春日溫煦的陽光浮在雲端，津口一帶漫生著叢叢楓樹林，水上漁夫撒下密網捕魚，樹上黃鳥則悠閒地叫著。杜甫對此處景物之描寫，讓我們看到了當時南國多水、多魚、多樹、多鳥，未遭人為破壞前的大自然原始風貌。

[註31] 同註25，〈山川／湘潭〉卷5，頁110。

[註32] 同註15，〈次空靈岸〉卷22，詩前之《一統志》引言，頁1964。但是同註25，〈山川／湘潭〉卷5，卻說：「空泠峽，縣西北六十里。」頁109。二者所言差異甚大，有可能是「北」與「百」之間的口誤。

[註33] 同註25，〈城池／湘潭〉卷9：「花石市，縣西。」頁223。

[註34] 同註25，〈山川／湘潭〉卷5，頁110。

　　過了津口，杜甫的船行到了空泠峽，而有〈次空靈峽〉一詩之作：

　　　　沄沄逆素浪，落落展清眺。幸有舟楫遲，得盡所歷妙。

　　　空靈霞石峻，楓桔隱奔峭。（〈次空靈峽〉）──（卷19，頁962）

仇兆鰲注引蔡興宗之刊誤云：「空靈，當作空舲，刀筆誤耳。」而這裡的空靈峽、空舲峽，亦即水經注中的空泠峽，《水經注》說：「湘水又北逕建寧縣，有空泠峽，驚浪雷奔，濬同三峽。」〔註35〕《湘潭縣志》的〈空泠峽條〉夾注，對此更有清楚的說明：「空泠峽即杜詩之空靈岸，梁本紀及通鑑作空靈城，典略又作空零城，皆此地也。」〔註36〕此地的空泠峽與長江三峽的空泠峽，雖然名與實有其相似之處，但畢竟不是同一個地方，杜甫走過驚濤駭浪的長江三峽，對此地的空泠峽，似乎已能處之泰然，而靜心展眺它的自然美景。而且不但能處之泰然、靜心展眺，還說「幸有舟楫遲，得盡所歷妙。」慶幸船隻因為泝水而上，速度緩慢，而使得他可以細細飽覽每一個所行歷之地的景致，體會它們所呈現的妙趣。

　　花石戍與空靈岸距離並不遠，一路飽覽山水美景的他，中午時分舉棹離開空靈岸，傍晚便到花石宿，而有以下一詩之作：

　　　　午辭空靈岑，夕得花石戍。岸疏開闢水，木雜古今樹。

　　　　地蒸南風盛，春熱西日暮。四序本平分，氣候何迴互。

　　　茫茫天造間，理亂豈恆數。

　　（〈宿花石戍〉）──（卷19，頁962～963）

以上所記雖然是杜甫所見的花石戍之景，但也透露出他對此地氣候的不適應。《舊唐書》說：「潭州長沙郡，中都督府。……縣六：有府一，曰長沙。有淥口、花石二戍。有橋口鎮兵。」〔註37〕花石戍一帶江岸開闊，水流洸漾，岸上的大小樹木，到處參差雜生，我們可以想像，這裡是一塊沒有遭受人為破壞的淨地，「岸疏開闢水，木雜古今樹。」的天成野趣，杜甫觀而體之，體而言之，其怡然自得之情具體顯現出

〔註35〕同註1，〈江水〉卷38，頁475。
〔註36〕見《湖南省湘潭縣志・疆域圖十二》，台北：成文出版社，頁76～77。
〔註37〕同註5，卷41〈地理五〉，頁1071。

來。不過，此處因爲地處南方，雖然當時才只是春天時分，但是南風已盛吹，即使到了日暮時分，氣溫也還蒸熱不降，而這對於來自北方，已習慣四季分明氣候型態的他來說，如今一路南行來到此地，這種地蒸春熱，寒暑平分的氣候，實在很難適應，更何況當時他的身體狀況並不好。而這種不適應，以後隨著繼續向南行，情形愈來愈嚴重，甚至導致後來到衡州之後，因爲難耐衡州夏天的溽熱，而不得不快速離開衡州，返回潭州。

離開了花石戍，詩人的船隻繼續向南行來而到晚洲，而有〈次晚洲〉一詩之作：

> 參錯雲石稠，陂陀風濤壯。晚洲適知名，秀色固異狀。
> 椊經垂猿把，身在度鳥上。擺浪散帙妍，危沙折花當。
>
> （〈次晚洲〉）──（卷 19，頁 964〜695）

《湘潭縣志》說：「蓋自州府建，移湘南於石潭以輔之，湘南廢，湘西又移於晚洲。」〔註38〕晚洲已在湘潭縣南一百一十里，〔註39〕此時仍是風光明媚的春天，而晚洲的景致更是遠近馳名，名副其實。

杜甫來到以風景美麗名聞遐邇的晚洲，看到眼前雲石參錯、風濤壯觀、猿猴把著樹枝垂飲、野花在沙灘前盛開、水漲船高、飛鳥依人盤旋的這一幅天然美景圖，雖然一方面仍不免有浪遊天涯不得歸的惆悵，不過另一方面，則顯然已陶醉在這片充滿盎然生機的大自然懷抱中。

離開了晚洲，詩人的船隻也遠離了湘潭縣，進入長沙縣境，〈入喬口〉、〈銅官渚守風〉二詩，便是他在進入潭州之前，在沿途所作。

三、長沙縣境

杜甫的船隻來到喬口，其實已到了長沙的北界，〔註40〕距離長

〔註38〕同註 36，〈疆域圖十二〉，頁 73。
〔註39〕同註 25，卷 5〈山川／湘潭〉，頁 110。
〔註40〕同註 15，卷 22〈入喬口〉，仇兆鰲引原注。頁 1974。

沙府城（即潭州），也只有九十里，〔註41〕在此，他作了〈入喬口〉
一詩：

> 漠漠舊京遠，遲遲歸路賒。殘年傍水國，落日對春華。
> 樹蜜早蜂亂，江泥輕燕斜。賈生骨已朽，悽惻近長沙。
>
> （〈入喬口〉）──（卷19，頁965）

《水經注》說：「湘水之左岸有高口，水出益陽縣西北，逕高口戍南。
又西北，上鼻水自鼻洲上口，受湘西入焉，謂之上鼻浦。高水西北與
下鼻浦合。……湘水自高口戍東又北，右會鼻洲，左合上鼻口，又北，
右對下鼻口，又北得陵子口。」〔註42〕而《長沙府志》引述《水經注》
這段話來介紹鼻洲地理方位時，把「高」全部改成「喬」，亦即「高
口」變成「喬口」；「高口戍」變成「喬口戍」；「高水」變成「喬水」，
而其餘文字敘述則都與《水經注》相同，〔註43〕可見兩書所指其實為
同一個地方絕對無誤，而且可以知道，位於長沙的喬口，其水乃出於
益陽縣，〔註44〕一路向東南流到長沙，也就是所謂的喬水，又喬口一
帶，喬水、鼻水、湘水三水會流，因此其地勢低微卑濕，水面寬闊廣
大。

　　杜甫此時離京師已經很遠了，返回故鄉的希望也越來越渺茫，而
第三句的「水國」，與第四句的「落日」、「春華」，點出了當時的時間
和季節；至於第五、六兩句，這是詩人自從出夔州以後，第一次提到
蜜蜂，而由「亂」字，我們可以想像當時的蜜蜂一定為數不少，牠們
到處飛來飛去採著花蜜，而和悠閒地在江泥上輕盈斜飛的燕子相映成
趣。此處詩人也記錄了喬口戍附近春天景致的特色。

　　杜甫離開喬口之後，又來到銅官渚，此時距離潭州更近了，不過
為了避風，他不得不姑且暫緩行程，因此而有以下一詩之作：

> 不夜楚帆落，避風湘渚間。水耕先浸草，春火更燒山。

〔註41〕同上註，〈入喬口〉仇兆鰲注引《一統志》，頁1674。
〔註42〕同註1，卷38〈湘水〉，頁476。
〔註43〕同註25，卷5〈山川／益陽〉，頁117。
〔註44〕同註25，卷3〈疆域〉：「益陽縣，在郡西北二百里。」頁79。

早泊雲物晦，逆行波浪慳。飛來雙白鶴，過去杳難攀。

（〈銅官渚守風〉）——（卷 19，頁 966）

《水經注》說：「湘水右岸，銅官浦出焉。湘水又北徑銅官山，西臨湘水，山土紫色，內含雲母，故亦謂之雲母山也。」〔註45〕又仇兆鰲注引《一統志》說：「銅官渚，在長沙府城北六十里。」〔註46〕詩人一家人為躲避強風，在天色尚未暗下來之前，就趕緊收帆進入銅官渚休息，這裡的農民浸草作糞，燒灰擁田。他看到天上的雙飛鶴自由自在地飛翔，不禁感嘆自己白天逆江難行，早泊休息，天上雲物一下子就暗得看不見，無法像飛鶴一般的乘風自適。

第三節　奔波勞形潭衡間

杜甫在大曆四年（西元 769 年）初春離開岳州，到二、三月間便抵達潭州，這年的清明節，便是在潭州度過的。但是在這裡，他只停留了一段短暫時間，不久，在三月底春晚時，便又開帆駕濤，啓程往衡州去，沿途並寫下〈發潭州〉、〈雙楓浦〉、〈望嶽〉等詩。現在也讓我們依序來看看詩人對這一段水路沿途風景的描述。

壹、首度由潭之衡州

首先我們先說〈發潭州〉一詩：

夜醉長沙酒，曉行湘水春。岸花飛送客，檣燕語留人。

賈傅才未有，褚公書絕倫。名高前後事，回首一傷神。

（〈發潭州〉）——（卷 19，頁 970）

潭州地處湘水流域，屬於長沙郡《舊唐書・地理志》說：「潭洲中都督府，隋長沙郡。武德四年，平蕭銑，置潭州總管府，管潭、衡、永、郴、連、南梁、南雲、南營八州。潭州領長沙、衡山、醴陵、湘鄉、益陽、新康六縣。……天寶元年，改為長沙郡。乾元元年，復為潭州，舊領縣五。……天寶領縣六。……在京師南二千四百四十五里，至東

〔註45〕同註1，卷38〈湘水〉，頁476。
〔註46〕同註15，卷22〈銅官渚守風〉，仇兆鰲注引《一統志》，頁1975。

都二千一百八十五里。」〔註 47〕《新唐書·地理志》也說：「潭州長沙郡，中都督府。……縣六：長沙、湘潭、湘鄉、益陽、醴陵、瀏陽。」〔註 48〕新唐書中的湘潭，即舊唐書中的衡山，本來隸屬衡州，憲宗元和年間之後，來屬於潭州；新康縣乃高祖武德四年時，由益陽縣分置之，但七年時旋又省入益陽縣中；瀏陽則是中宗景龍年間時，析長沙而置。

　　前四句的景與情交融在一起，因此不能說是純粹的寫景，但是抽掉情的部份，仔細體會，我們則能知道，二、三月間的潭州湘水邊，清晨時風光一定是明媚動人，引人不捨的，因為岸邊的花不斷繽紛飄落，在船檣邊飛來繞去的燕子，則吱吱喳喳叫個不停，十足反映了大自然美麗的一面，可是，儘管風光明媚，這一切看在落拓失意，不得不離開潭州，再另找生路的杜甫眼裡，飛花反而成了送客的主人，叫個不停的燕子也成了唯一慰留他的好朋友。

　　離開潭州之後，他繼續南下而來到雙楓浦，而有以下一詩之作：
　　　輟棹青楓浦，雙楓舊已摧。自驚衰謝力，不道棟梁材。
　　　浪足浮紗帽，皮須截錦苔。江邊地有主，暫借上天迴。

　　　　（〈雙楓浦〉）──（卷 19，頁 971～972）

仇兆鰲注引《方輿勝覽》說：「青楓浦，在潭州瀏陽縣。」又引《名勝志》說：「瀏水至縣南三十五里為青楓浦縣有八景，『楓浦漁樵』其一。」〔註 49〕瀏陽縣已在郡東一百五十里，〔註 50〕詩人當時可能是內心極為感傷，或者是身體真的非常不舒服，所以看到雙楓久摧，便不禁聯想到自己境況，認為大家在他身體衰謝之後，只驚訝其精力已竭，卻沒有人知道，他在未衰謝之前，其實也是一個棟梁之才，就在感傷失望之餘，其竟然突發奇想，想像自己能向江邊地主詢問，借取雙楓作為上天的浮槎。

〔註47〕同註5，卷40〈地理三〉，頁1612。
〔註48〕同註5，卷41〈地理五〉，頁1071。
〔註49〕同註15，卷22〈雙楓浦〉仇兆鰲引言，頁1977。
〔註50〕同註25，卷3〈疆域〉，頁78。

　　杜甫離開潭州，一路往衡州行去，越接近衡州，每天面對著高聳巍峨，具有地標意義的南嶽衡山，更不可能視而不見，因此而有〈望嶽〉一詩之作：

> 泪吾隘世網，行邁越瀟湘。渴日絕壁出，漾舟清光旁。
> 祝融五峰尊，峰峰次低昂。紫蓋獨不朝，爭長嶪相望。

　　（〈望岳〉）──（卷 19，頁 974～975）

《水經注》說：「（衡山），《山經》謂之岣嶁，爲南嶽也。山下有舜廟，南有祝融冢。」〔註 51〕仇兆鰲注也引徐靈期《南嶽記》說：「南嶽周回八百里，回雁爲首，嶽麓爲足。」又引《元和郡縣志》說：「衡嶽廟，在衡州衡山縣西三十里。」〔註 52〕此詩共二十八句，此處所引爲第九句到第十六句。在此處的第一、二句中，杜甫明白敘出他當初所以會浪行瀟湘的原因，第三、四句則寫出他現在的情形，火熱的陽光，從絕峭的巖壁中照射出來，而自己則漾舟在這一片被陽光燒灼的江中。隨著季節的推進，以及緯度的越來越低，天氣也越來越炎熱，當然，這對他來說是很吃不消的；至於眼前所看到的南嶽衡山，在一片陽光照射的江中，他蕩著舟遠望，就如《長沙記》所說的：「衡山軒翔聳拔九千餘丈，尊卑差次七十二峰」，〔註 53〕他震服於大自然的造物之妙，著筆記下了南嶽衡山的面貌，而也使後人又多留下一個在不同角度、不同時間下的衡山景觀，以供後人來欣賞。

　　經過了幾番周折之後，詩人終於來到衡州，此時已是夏天時分。對於衡州，《新唐書‧地理志‧衡州衡陽郡，上》說：「本衡山郡，天寶元年更名。……縣六：衡陽、衡山、常寧、攸、茶陵、耒陽。」〔註 54〕衡州對杜甫來說，畢竟是他所曾經走過的，位於最南邊的一個地方，因此夏天那種前所未有的潯熱感覺讓他難以忍受，爲了避開炎熱，乃顧不得旅途的辛苦勞累，決定離開衡州。

〔註 51〕同註 1，〈湘水〉卷 38，頁 474。
〔註 52〕同註 15，〈望嶽〉卷 22，仇兆鰲引言，頁 1983。
〔註 53〕同註 15，頁 1984。
〔註 54〕同註 5，〈地理五〉卷 41，頁 1071。

貳、衡州回棹歸漢陽

關於這一部分的年次排序，自來便有兩大派不同的說法，這兩派說法到了清朝，各別由當時的注杜詩之兩大專家——仇兆鰲與楊倫繼承，他們倆人終結前人的諸說，各舉出自己認為有力的證據，而對〈回棹〉、〈登舟將適漢陽〉二詩的年代，作以下兩種論斷：

一、作於大曆五年

此說由仇兆鰲主張。仇氏在〈迴棹〉一詩的詩前解題中說到：「此詩舊編在大曆五年，黃鶴疑詩中不言臧玠之亂，當是四年至衡州，畏熱將迴棹欲歸襄陽，不果而竟留於潭也。今按：杜詩凡紀行之作，其次第皆歷然分明，不當以欲行未果之事載之詩集。考臧玠之亂在四月，公往衡山過耒陽具在夏日，此云火雲垢膩，殆耒陽迴棹而作。詞不及憂亂者，前後諸詩已詳，不必每章疊見也。還依舊編為當。」

二、作於大曆四年

此說由楊倫主張。楊氏則在〈回棹〉一詩的詩前解題中說到：「黃曰：舊編大曆五年作。然詩中不言臧玠之變，當是四年至衡州畏熱，將回棹欲歸襄陽不果而竟留於潭也。」

仇氏與楊氏二人之說，後來諸家學者都亦步亦趨，各取所信去認定其中一家之說法。而筆者則依楊氏之說，原因有兩點：第一，杜甫在大曆四年（西元 769 年）由潭州抵達衡州，又由衡州回棹，欲回潭州的時間，和隔年（即大曆五年）因為躲避臧玠之亂，由潭州抵達衡州，又由耒陽回棹的時間差不多，大約都是在夏天，因此〈回棹〉一詩作於大曆四年，或是大曆五年，仇氏用其詩內的季節特色來作判斷並不適宜。第二，仇氏說杜甫紀行詩之作，就是因為記事詳盡，「其次第皆歷然分明」，所以也會把「欲行」而「未果」的事記錄下來。關於這點，吾人可以用杜甫（當時 52 歲）作於代宗廣德元年（西元 763 年）春天的〈聞官軍收河南河北〉一詩作為論證：

　　劍外忽傳收薊北，初聞淚涕滿衣裳。

　　卻看妻子愁何在？漫卷詩書喜欲狂。

　　白日放歌須縱酒，青春作伴好還鄉。

　　即從巴峽穿巫峽，便下襄陽向洛陽。

　　（〈聞官軍收河南河北〉）──（卷 9，頁 433）

杜甫當時在梓州，聽說叛將史朝義被僕固懷恩等人擊破，並敗走廣陽自縊之後，他欣喜若狂，立即計畫好歸鄉的路線，要從巴峽穿過巫峽，再下襄陽而直達洛陽。這條歸鄉之路，詩人在詩中講得語氣肯定，可以想像，絕非一時衝動嬉戲之言，但是後來證明，這只不過是他「欲行未果之事」，當然，並不是他有意說謊，而是當時的時代情勢，並不容詩人如此便宜行事。

　　而這種論證，也並不是一個孤證而已。在作了〈聞官軍收河南河北〉之後的隔年，也就是廣德二年（西元 764 年）春天，詩人又有〈將赴荆南寄別李荆州〉一詩：

　　使君高義驅今古，寥落三年坐劍州。

　　但見文翁能化俗，焉知李廣未封侯。

　　路經灩澦雙蓬鬢，天入滄浪一釣舟。

　　戎馬相逢更何日，春天迴首仲宣樓。

　　（〈將赴荆南寄別李劍州〉）──（卷 11，頁 507～508）

詩中仇兆鰲注引朱鶴齡說：「公寶應元年至廣德二年三月，遊綿、梓、閬，屢欲出峽，以嚴武再鎮成都，遂不果行。」〔註55〕杜甫在本詩中，也如在〈聞官軍收河南河北詩〉中一樣，述及「路經灩澦雙蓬鬢，天入滄浪一釣舟」顯然地，當時他是已經把出峽的路線都規劃好了，而且還設想自己「迴首仲宣樓」，到荆南之後，一定會思念蜀中的老朋友。不過後來事實證明，他雖然也是在詩中言之確鑿，但是這個「欲行」的構想，也變成「未果」的泡影，而直到四年之後，也就是大曆三年（西元 768 年），才終於實現。

〔註55〕同註15，卷13〈將赴荆南寄別李劍州〉，仇兆鰲注引朱鶴齡，頁 1097。

由以上兩點理由，筆者把〈回棹〉與〈登舟將適漢陽〉二詩的寫作年代置於大曆四年。現在先分析〈回棹〉一詩：

> 衡岳江湖大，蒸池疫癘偏。散才嬰薄俗，有跡負前賢。
> 巾拂那關眼，瓶罍易滿船。火雲滋垢膩，凍雨裏沉綿。
> 強飯蓴添滑，端居茗續煎。清思漢水上，涼憶峴山巔。
> 順浪翻堪倚，迴帆又省牽。（〈回棹〉）——（卷 19，頁 978）

在這十四句之中，其中和氣溫有關的就有五句，「蒸池疫癘偏」、「火雲滋垢膩，凍雨裏沉綿。」三句，詩人極言衡州既熱且濕的氣候特徵，「強飯蓴添滑，端居茗續煎。」二句，他則說出自己在這種溼熱天氣下的因應之道。

不過，或許是因為吃蓴羹、飲茗茶的因應之道，仍然不敵溼熱天氣的侵襲，因此詩人決定回棹返回潭州，而幸好回棹時，船是順流而行，使得已疲病交迫的他，得以有喘息的機會。

現在再分析〈登舟將適漢陽〉：

> 春宅棄汝去，秋帆催客歸。庭蔬猶在眼，浦浪已吹衣。
> 生理飄蕩拙，有心遲暮違。中原戎馬盛，遠道素書稀。
>
> （〈登舟將適漢陽〉）——（卷 20，頁 988～989）

杜甫在詩中表現出對北歸的滿心期待，而且由「秋帆催客歸」和「浦浪已吹衣」兩句，可以知道他當時也已經把想法付諸行動，不過，為什麼後來又臨時改變主義，繼續留在潭州呢？其真正原因，雖然我們現在由他的詩歌中，已經無法真正了解，但是，「中原戎馬盛」絕對是個很重要的原因之一。當然，這種情形也和筆者上引的兩首詩一樣，並不是詩人信口雌黃，而是他真的「欲行」，只不過迫於情勢，他終於「未果」成行而已。

參、回棹不成返潭州

欲歸漢陽不成的杜甫只好重回潭州，重回潭州之後的他，仍然以船為家，過著水宿生活，雖然一時之間，他並沒有再揚帆他去的打算，但是緊接著冬天的到來，我們由〈對雪〉一詩，知道他當時在舟中的

生活還是孤獨而辛苦的：

> 北雪犯長沙，胡雲冷萬家。隨風且間葉，帶雨不成花。
> 金錯囊垂罄，銀壺酒易賒。無人竭浮蟻，有待至昏鴉。

〈對雪〉——（卷20，頁1002）

重回潭州的他，在長沙度過了寒冷的、冰天雪地的酷冬，船外一片冷颼颼，雪飛葉落，隨風亂舞，雪片也因為帶雨濕而不成花，旅資已用盡，賒酒待朋，卻直到天黑還是舟前冷清，對雪淒涼。

　　熬過了嚴冬，已是大曆五年（西元770年），回暖的大地，似乎又給詩人帶來了暫時的遊興，雖然水居，他還是在清明佳節時，不禁上岸夾在擁擠的人潮中，觀看遊春的群眾：

> 著處繁華矜是日，長沙千人萬人出。
> 渡頭翠柳艷明眉，爭道朱蹄驕齧膝。
> 此都好遊湘西寺，諸將亦自軍中至。
> 馬援征行在眼前，萬強親近同心事。
> 金鐙下山紅日晚，牙檣捩柁青樓遠。
> 古時喪亂皆可知，人世悲歡暫相遣。
> 弟姪雖存不得書，干戈未息苦離居。
> 逢迎少壯非吾道，況乃今朝是被除。

〈清明〉——（卷20，頁1011～1012）

今天的長沙城萬頭鑽動，熱鬧非凡，渡頭的翠柳已經抽出嫩芽，爭相搶道的馬兒，驕齧著自己的膝蓋，湘西寺人山人海，甚至連軍中的將領也來到這裡遊寺。

　　從動態方面來遊春，讓杜甫不免擔憂起長沙軍民的鬆懈武事，更牽引出對弟姪的思念，甚至對目前處境的不安，但是至少也使他領略了長沙風土人情的特色。而若就靜態方面來面對長沙的春天，他又是怎麼樣的一種心靈驚喜呢？我們且來看〈風雨看舟前落花，戲為新句〉一詩：

> 江上人家桃樹枝，春寒細雨出疏籬。
> 影遭碧水潛勾引，風妒紅花卻倒吹。

> 吹花困懶傍舟楫，水光風力俱相怯。
> 赤憎輕薄遮人懷，珍重分明不來接。
> 濕久飛遲半欲高，縈沙惹草細於毛。
> 蜜蜂蝴蝶生情性，偷眼蜻蜓避伯勞。
>
> （〈風雨看舟前落花，戲為新句〉）──（卷 20，頁 1012）

這首詩詩人完全以摩景的方式，將長沙春天裡的花草樹木、飛鳥生物、江水風雨等自然界原物，作一種人性化的模擬，使這些原物彼此之間，也充滿了複雜的糾纏關係和愛惡憎怨。可以想像，當時他一定是被眼前的這一片大自然春景所著迷，而完全沉浸入它們的世界，所以才會有如此款款含情的軟語。

　　大自然的世界，雖然可以被人類賦予情感，但是這些畢竟只是人類情感的投射，對它們來說，其實所有的動作，它們都只是在做一種本能的反應而已，並沒有所謂的好與惡可言，但是看在人類眼裡，當它們被比類成自己的愛恨情愁時，那麼這些大自然中的原物，可就不單純了，它們會變成一種真實的好與惡，來折磨人的精神，具有殺傷力，足以令一個人為之癱倒。其〈燕子來舟中作〉，便是這種情形：

> 湖南為客動經春，燕子銜泥兩度新。
> 舊入故園曾識主，如今社日遠看人。
> 可憐處處巢君室，何異飄飄託此身。
> 暫語船檣還起去，穿花落水益霑巾。
>
> （〈燕子來舟中作〉）──（卷 20，頁 1018～1019）

詩人把「處處巢君室」的燕子，比類成「飄飄託此身」的自己，又將「暫語船檣還起去」的燕子，當成是相憐相識的唯一朋友，軟弱的情感頓時潰決，淚濕衣巾。

　　而這種軟弱情感，如果又正好碰到年俗節慶，那麼，它恐怕就不只是讓人淚濕衣巾而已，而是轉化成一種毒素，進一步傷害一個人的生理，杜甫的〈小寒食舟中作〉，正是這種情況：

> 佳辰強飲食猶寒，隱几蕭條戴鶡冠。
> 春水船如天上坐，老年花似霧中看。

娟娟戲蝶過閒慢，片片輕鷗下急湍。

雲白山青萬餘里，愁看直北是長安。

（〈小寒食舟中作〉）──（卷 20，頁 1018）

詩人在小寒食這一天，百無聊賴地坐在舟中，看到蝴蝶、海鷗飛來飛去，竟把它們反興成如楊倫所說的：「蝶鷗往來自在，己欲歸長安而不得也」，因而導致食慾大受影響，只能勉強飲食。而由這一首詩，更讓我們深刻體會出他當時的可憐處境。

肆、躲逃兵亂入衡州

滯留潭州的杜甫，在這裡度過第二個春天，怎知到了夏天，當地便發生臧玠兵亂，使得他不得不帶著一家人，再度匆忙離開潭州到衡州。他的〈入衡州〉記錄了這一次的旅程：

銷魂避飛鏑，累足穿豺狼。隱忍枳棘刺，遷延胝胼瘡。

遠歸兒侍側，猶乳女在旁。久客倖脫免，暮年懱激昂。

蕭條向水陸，汨沒隨漁商。報主身已老，入朝病見妨。

悠悠委薄俗，鬱鬱回剛腸。參錯走洲渚，春容轉林篁。

片帆左郴岸，通郭前衡陽。華表雲鳥陣，名園花草香。

旗亭壯邑屋，烽櫓蟠城隍。（〈入衡州〉）──（卷 20，頁 1021
～1022）

他敘述自己逃離過程的驚險與落魄。飛鏑在頭上倏忽而過，奔跑在豺狼出沒的地方，隱忍著被枳棘刺傷的痛苦，整個腳因胼胝而成瘡，幸好兒女無恙，好不容易脫出亂軍登上船，他恨自己因為年老力衰無法討賊，只好含恨而行，在船中遙望衡州，鳥群在雲層下飛翔，富有人家的花園裡，花草散發出陣陣香氣，旗亭民宅櫛比鱗次，甲兵城郭井然排列。而在遙望衡陽之餘，「片帆左郴岸」他似乎已經在心中盤算好，到衡陽之後，下一步一定要往郴州去。

伍、阻水耒陽幾喪命

到達衡州後不久，詩人便又啓程前往預定中的行程──郴州。仇兆鰲注引朱鶴齡云：「郴州與耒陽皆在衡州東南，衡至郴四百餘里郴

水入衡，公初欲往郴依舅氏，卒不遂。其至方田也，蓋溯郴水而上，
故詩云『方行郴岸靜』。」〔註56〕

　　很明顯的，他這一趟投靠舅氏崔偉之路走得並不順利，因為四百
多里的路，才走不到二百里，〔註57〕便因遇到大水，而被困在耒陽的
方田驛，缺食半旬，幾乎餓死。這些過程，詩人以下之詩來加以記錄：

　　耒陽馳尺素，見訪荒江渺。義士烈女家，風流吾賢紹。
　　昨見狄相孫，許公人倫表。前朝翰林後，屈跡縣邑小。
　　知我礙湍濤，半旬獲浩蕩。麾下殺元戎，湖邊有飛旐。
　　〔註58〕
　　孤舟增鬱鬱，僻路殊悄悄。側驚猿猱捷，仰羨鸛鶴矯。
　　禮過宰肥羊，愁當置清醥。
　　（〈聶耒陽以僕阻水書致酒肉，療饑荒江詩得代懷，興盡本韻至縣呈
　　聶令。陸路去方田驛四十里，舟行一日，時屬江漲，泊於方田〉）—
　　—（卷20，頁1027～1028）

聶縣令得知杜甫遇水受困之後，致書慰問並餽贈酒肉。由他描述郴水
兩岸景色「見訪荒江渺」和「僻路殊悄悄」二句，我們知道，當時的
郴水兩岸是一片荒涼偏僻，人煙罕至之地，又由「側驚猿猱捷，仰羨
鸛鶴矯」二句，我們更進一步知道，此處兩岸當時是一片原始叢林，
動物群集聚居。

陸、留別親友返秦地

　　關於杜甫是否卒於耒陽，又究竟是什麼原因而死等問題，自唐宋
以來便是研究杜詩的學者們爭論的焦點，每家各執其說，莫衷一是。
今人陳文華著《杜甫傳記唐宋資料考辨》，〔註59〕將各家的各種說法

〔註56〕同註15，仇兆鰲注引朱鶴齡之說，頁2081～2082。
〔註57〕同註15，仇兆鰲注引《元和郡縣志》：言耒陽西北至衡州一百六十八
　　　　里，而楊倫則說一百七十里。
〔註58〕「麾下殺元戎，湖邊有飛旐。」二句，仇本置於「禮過宰肥羊，愁
　　　　當置清醥。」之下。
〔註59〕見陳文華：《杜甫傳記唐宋資料考辨》，台北：文史哲出版社，民國
　　　　76年11月初版，頁175～201。

加以羅列，並考辨其產生及發展情形，終於獲得了較客觀的研究成果。筆者在此不想再作其考辨過程的複述，但同意他認爲杜甫不卒於耒陽，也非飫死或是溺死，卻是病死舟中的說法。

　　脫困之後的杜甫，決定不再前行，而是將船回航，回到衡州，並在衡州停留到暮秋才決定北歸秦地。並作以下之詩，記錄他當時沮喪的心情：

> 水闊蒼梧野，天高白帝秋。途窮那免哭，身老不禁愁。
> 大府才能會，諸公德業優。北歸衝雨雪，誰憫敝貂裘。
> （〈暮秋將歸秦留別湖南幕府親友〉）――（卷 20，頁 1029）

此時已是暮秋時分，衰頹老病的他，在窮途末路之下選擇重回北方，當然他也知道，這一條北歸的路是不好走的，因爲嚴寒的冬天即將到來，而周遭卻沒有人肯伸出援手，關心一下他身上的破舊衣服。

　　至於一般人都認爲，辭別了湖南幕府親友，一路往北前行的杜甫，沿著來時的水路，又回到洞庭湖，而有〈過洞庭湖〉一詩之作。但是筆者依據此詩所呈現的情感風格，認爲它應該是作於大曆四年春夏之交，杜甫即將南下潭州時。以下試錄此詩並討論之：

> 蛟室圍青草，龍堆隱白沙。護堤盤古木，迎櫂舞神鴉。
> 破浪南風正，回檣畏日斜。湖光與天遠，直欲泛仙槎。
> （〈過洞庭湖〉）――（卷 20，頁 1029）

仇兆鰲說：「潘子眞《詩話》：元豐中，有人得此詩刻於洞庭湖中，不載名氏，以示山谷，山谷曰：『此子美作也。』今蜀本收入。大曆四年夏，公在潭州，此當是五年夏自衡州回棹，重過洞庭湖而作。今據鄭印編次爲正。或疑公卒於耒陽，不應又作此詩，不知耒陽之卒，原未可憑，而此詩之精練，非公斷不能作。」[註60] 而楊倫也說：「集外詩，見吳若本。洪玉甫云：『有人得之江中石刻。』仇注：此當是耒陽回棹，重過洞庭而作。」

　　仇氏之說楊倫附和之，他們兩人都認爲此詩是大曆五年（西元

---

770 年）夏天，杜甫自衡州北歸，路經洞庭湖時所作。不過黃生對此則有不同看法，他在《杜詩說》云：「〈過洞庭〉云：『破浪南風正，回檣畏日斜。』其時已在春夏之交，故目日曰『畏日』。」〔註 61〕黃生並且進一步說「春夏之交」是指大曆六年的夏天。〔註 62〕

　　以上三家之說，筆者雖不能以黃生所說的杜甫卒於大曆六年夏天為信，但是卻贊同他認為〈過洞庭湖〉一詩，是春夏之交的作品之說法。鄙意以為：此詩第五句「破浪南風正」，所謂南風是指夏天的風，但是我們由杜甫〈題衡山縣文宣王廟新學堂呈陸宰詩〉中的「故國延歸望，衰顏減秋思」，知道他雖然在大曆五年的夏天就由耒陽返航，但是到大曆五年秋天時，還逗留在衡州。甚至一直待到暮秋，才正式向湖南幕府親友留別，決定北歸秦地，這個我們可以由〈暮秋將歸秦留別湖南幕府親友〉一詩的詩題，得到更肯定的時序點。換句話說，杜甫此去，一路由衡州向北走是順水而行，而船到達洞庭湖的時序，大約會是在冬天，順水而行應該不用「破浪」來形容，而冬天應該是吹北風而不會是吹南風。

　　更何況我們由詩中所透顯出來的情感來體會，〈過洞庭湖〉一詩以景的描寫為主，涉及人的情感的，只有「回檣畏日斜」和「直欲泛仙槎」兩句而已，而這兩句的情感深度與痛苦程度，和其他在潭、衡以後所作的詩歌，在風格上相去甚遠，反而和他當初（指大曆四年）春夏之交，由岳州將到潭州，一路經洞庭湖、青草湖時所作的〈過南岳入洞庭湖〉和〈宿青草湖〉情感風格甚為相近。為此，或許我們把〈過洞庭湖〉一詩，和〈過南岳入洞庭湖〉、〈宿青草湖〉等，一起同

〔註61〕見〔清〕黃生撰，徐定祥點校：《杜詩說》卷 12，（合肥：黃山書社出版，西元 1994 年 5 月，安徽古籍叢書第二十二集），頁 501。

〔註62〕同上註，其辯解理由如下：「如此則公之歿不于大曆五年之秋，而于大曆六年之夏矣，如公年止五十九何？曰『公之卒年五十九』此《志》所書，不可易也。至生于某歲，卒于某歲，此自作譜者之說，蓋後人預以大曆五年為據案，然後推而上之，以為生自先天元年耳。夫安知不生于開元耶？是故《志》可信，《譜》不可信，《志》之所書固不可易，《譜》之所書豈不可易哉。」頁 502。

視作是大曆四年春夏之交，杜甫南下潭州時的作品，可能會更恰當一些。

　　盧世㴶說：「杜公紀行詩，從發秦州至萬丈潭，從發同谷至成都府，入天穿水，萬壑千崖，雨雪煙紅，朝朝暮暮，一切可怪可吁可娛可愕之狀，觸目經心，直取其髓，而犁然次諸掌上，嗣是金華山觀，去通泉十五里山水，清溪驛、鑿石浦、津口、空靈岸、花石戍、晚洲、衡州，莫不隨處點綴，盡妙領佳，統成少陵一部遊記，留譜與人。」〔註63〕

　　詩人半生顛沛，自避難秦州以後流離失所，飽嚐人間無數苦痛者，長達十二年之久，所謂「情動於中，而形於言」，尤其是此時期，他無依無靠，在浪行過程中，心有所感而將一路所經歷隨時記錄，其中字字哀寒號飢，椎心瀝血，而讓後代披卷者，讀之莫不爲他的這一段艱苦旅程遭遇同聲一哭。

〔註63〕同註15，卷22〈宿花石戍〉，仇兆鰲所引之言，頁1966。

第四章　身心狀況

　　閱讀杜甫此時期詩歌，我們不難發現，他在詩歌中，不斷反覆敘述自己當時的生理問題和心理狀態。在生理問題方面，他悲嘆自己貧窮老病；在心理方面，他深陷在多重矛盾中，與自己意念交戰不已。現在我們先來討論他在生理方面的問題。

第一節　在身體方面

　　在生理問題方面，我們可以由他的身體和經濟兩項來加以了解之。我們先說他的身體，杜甫身體衰弱得很早，早在天寶七年（西元749年），他才三十七歲時，其詩中便已出現「衰容几杖」〔註1〕的句子，自此之後，其身體狀況更一路走下坡，至此，他的身體已如風中殘燭，隨時熄滅。

壹、老病侵尋任歲月

　　早衰的他，身體狀況一直都處在隨著年歲增長，而逐漸惡化的狀

〔註1〕見楊倫：〈贈韋左丞丈濟〉《杜詩鏡銓》：「有客雖安命，衰容豈壯夫。家人憂几杖，甲子混泥塗。」卷1，頁24。按：杜甫〈臨邑舍弟書至苦雨黃河泛溢堤防之患，簿領所憂，因寄此詩，用寬其意〉一詩中也有：「吾衰同泛梗」之言。黃生將此詩編在開元二十九年；但是張綖與仇兆鰲卻都認為，如果此詩編在此時，那麼當時他只有三十歲，不可能有如此嘆衰之言，見仇兆鰲：《杜詩詳注》卷1，頁23。至於筆者，因為此詩年代有爭議，懸而未決，故不取以為證。

況下，到了此時期，五十七歲的他，滿頭白髮，一身是病。又此後到五十九歲病死北歸舟中時，三年當中，病魔的摧殘，更使得他視覺、聽覺，甚至基本的行動能力都發生困難，也因此他感嘆衰老的詩歌，又比以前其他各時期要來得多。現在且分析如下：

一、反複以老自稱

杜甫並不諱稱自己「老」，反而時時以「老」自稱，儼然當時的他，整個心思，整個人都已被「老」這件事揪緊一般，譬如：

王孫丈人行，垂老見飄零。(〈衡州送李大夫七丈勉赴廣州〉)——（卷19，頁976）

老矣逢迎拙，相於契託饒。(〈奉贈盧五丈參謀琚〉)——（卷20頁985）

途窮那免哭，身老不禁愁。(〈暮秋將歸秦留別湖南幕府親友〉)——（卷20，頁1029）

他用「垂老」、「老矣」、「身老」來敘說自己的已經步入人生最後一個階段。而以下的三段：

朋酒日歡會，老夫今始知。(〈和江陵宋大少府暮春雨後同諸公及舍弟宴書齋〉)——（卷18，頁914）

卿到朝廷說老翁，漂零已是滄浪客。(〈惜別行送向卿進奉端午御衣之上都〉)——（卷19，頁919）

社稷纏妖氣，干戈送老儒。(〈舟出江陵南浦奉寄鄭少尹審〉)——（卷19，頁938～939）

他則以「老夫」、「老翁」、「老儒」來自稱自己確已為老者之身。然後又用下面三段，來強迫自己認同已經進入人生末期的事實：

老年常道路，遲日復山川。(〈行次古城店汎江作，不揆鄙拙，奉呈江陵幕府諸公〉)——（卷18，頁910）

殘年傍水國，落日對春華。(〈入喬口〉)——（卷19，頁965）

衰年傾蓋晚，費日繫舟長。(〈冬晚送長孫漸舍人歸州〉)——（卷20，頁1002）

其實「老年」、「殘年」、「衰年」意義一樣，杜甫則變化使用之，無非是想要強調一種眞實的狀況。又如：

> 遲暮宮臣汚，艱危衰職陪。(〈秋日荊南述懷三十韻〉) ── (卷19，頁927)

> 秘訣隱文須內教，晚歲何功使願果？(〈憶昔行〉) ── (卷18，頁917～918)

「遲暮」、「晚歲」也是一樣意思，甚至和上面所稱的「老年」、「殘年」、「衰年」，意義也都相類似，而詩人卻極盡其用語技巧，要來表達自己對「老」這件事實的在意。

以上所列舉，尚僅爲杜甫稱「老」詩句中的一部分而已，然而我們由他以上詩句中所透露出來的訊息，已明顯可以感受出他當時整個心境的蒼老了。

二、頻訴自己衰頹

杜甫不僅自稱「老」，還經常藉由外在形貌，對自己的「老」狀多所形容，譬如：

> 衰顏聊自哂，小吏最相輕。(〈久客〉) ── (卷19，頁947)

> 僕夫問盥櫛，暮顏覘青鏡。(〈早發〉) ── (卷19，頁964)

> 再宿煩舟子，衰容問僕夫。(〈北風〉) ── (卷20，頁971)

他用「衰顏」、「暮顏」、「衰容」，來形容自己在容貌上的衰頹之狀。而以下則將形容重點放在身體上：

> 羸骸將何適？履險顏益厚。(〈上水遣懷〉) ── (卷19，頁958)

> 羸瘠且如何？魄奪鍼灸屢。(〈詠懷二首之二〉) ── (卷19，頁974)

「羸骸」、「羸瘠」的使用，讓我們看出，杜甫似乎一直想要表達自己身體狀況的不佳。而且更有甚者，他還透露了身體更糟糕的一面：

> 附書與裴因示蘇，此生已媿須人扶。(〈暮秋枉裴道州手札率爾遣興寄遞近呈蘇渙侍御〉) ── (卷20，頁995)

原來他當時已經衰老，並且病到「須人扶」的地步。杜甫除了用容貌、

身體和步履來形容自己的衰頹外，他更經常以鬢髮來形容自己的老態。譬如：

> 飄蕭將素髮，汩沒聽洪鑪。(〈大曆三年春，白帝城放船出瞿唐峽，久居夔府，將適江陵，漂泊有詩，凡四十韻〉)——（卷18，頁906）
>
> 時危兵革黃塵裏，日短江湖白髮前。(〈公安送韋二少府匡贊〉)——（卷19，頁944）

「素髮」和「白髮」的使用，他說明了自己因年老所形成的髮色上的變化。不但如此，他還由鬢毛上，來進一步說明自己的老態情形：

> 泛愛容霜鬢，留歡上夜關。(〈宴王使君宅題二首之二〉)——（卷19，頁945）
>
> 鬢毛垂領白，花蕊亞枝紅。(〈上巳日徐司錄林園宴集〉)——（卷18，頁911）
>
> 不堪垂老鬢，還對欲分襟。(〈夏日楊長寧宅，送崔侍御常正字入京，得深字〉)——（卷19，頁919～920）

「霜鬢」、「白鬢」、「老鬢」的形容，詩人無非是要告訴大家，他已經極端衰老。不僅如此，他還把頭髮和鬢毛統合起來敘述，而用「皓首」、「白頭」、「白首」等來形容自己老態龍鍾的模樣：

> 皓首江湖客，鉤簾獨未眠。(〈舟月對驛近寺〉)——（卷19，頁925）
>
> 白頭授簡焉能賦，愧似相如為大夫。(〈又作此奉衛王〉)——（卷19，頁926）
>
> 水花笑白首，春草隨青袍。(〈送重表姪王砅評事使南海〉)——（卷20，頁1010）

杜甫以鬢髮來形容自己老態的詩句有三十多處，此處所舉僅為未重複者。由這樣眾多的數量看來，他時時刻刻不忘自己已經年紀老大的心態是很清楚的。

三、不堪病痛折磨

一個人年紀老大之後，隨之而來的當然是氣血的轉弱，杜甫也是

在這種自然生理現象之下，驚覺自己體力已經衰弱的事實。譬如：

　　自驚衰謝力，不道棟梁材。(〈雙楓浦〉) ── (卷 19，頁 971)

　　垂翅徒衰老，先鞭不滯留。(〈重送劉十弟判官〉) ── (卷 20，
　　頁 988)

他用「衰謝」、「垂翅」來形容自己的衰老和全身力氣的漸失，言下實有不甚唏噓之嘆。不過，衰老而力氣漸失，尚不是他最感困擾的事，生病而致影響日常生活作息，才是他最不堪爲人道的切身之痛。因此在這一個時期裡，他的詩歌中，出現許多談到自己生病，以及因爲生病而身心飽受折磨的詩句。我們先來看他提及自己生病之事的詩句：

　　衰年正苦病侵凌，首夏何須氣鬱蒸。(〈多病執熱奉懷李尚書之
　　芳〉) ── (卷 19，頁 921)

　　衛侯不易得，予病汝知之。(〈移居公安敬贈衛大郎鈞〉) ── (卷
　　19，頁 943)

由此二句，我們清楚看到詩人晚年被病痛所苦，並且急欲讓身邊朋友知道之一斑。而以下二句，他則更清楚的敘述出當時除了生病之外，又另加的其他精神折騰：

　　歲月不我與，蹉跎病於斯。(〈詠懷二首之一〉) ── (卷 19，頁
　　973)

　　湖南冬不雪，吾病得淹留。(〈晚秋長沙蔡五侍御飲筵送殷六參軍
　　歸澧覲省〉) ── (卷 20，頁 989～990)

原來生病也是讓他無法順利成行北歸的原因之一，而不能北歸，鄉愁當然也就無法解除，二者互爲惡性循環，又怎能不讓他更加病體沉重呢？我們已經知道生病和鄉愁，在當時對杜甫身體傷害力的強大。但是當我們再看下面兩句，一定就更加可以體會當時的杜甫之可憐了：

　　親朋無一字，老病有孤舟。(〈登岳陽樓〉) ── (卷 19，頁 952)

　　行色兼多病，蒼茫汎愛前。(〈行次古城店汎江作，不揆鄙拙，奉
　　呈江陵幕府諸公〉) ── (卷 18，頁 910)

「親朋無一字」、「孤舟」，二句所反映出來的，是老病的他當時心理

上極度浮盪空虛的孤獨感；而「行色」、「蒼茫汎愛前」二句，則更反映出當時他那種急須朋友伸出援手的迫切。

以上所舉，也只是杜甫提及自己生病之事的一小部分而已，不過它們已足以讓我們看到當時的他，被病魔所困的嚴重性了。而相對於以上這些只提及自己生病之事的詩句還有很多，其每一句則莫不清楚敘出他當時被病渴、肺肝氣、風病、耳聾、手臂偏枯等諸種病魔纏身的情況。譬如：

才盡傷形骸，病渴污官位。(〈送顧八分文學適洪吉州〉) ── (卷19，頁941)

病渴身何去，春生力更無。(〈過南嶽入洞庭湖〉) ── (卷19，頁955)

永念病渴老，附書遠山巔。(〈湘江宴餞裴二端公赴道州〉) ── (卷20，頁980)

長卿久病渴，武帝元同時。(〈奉送魏六丈佑少府之交廣〉) ── (卷20，頁998)

所謂的「病渴」，或是消渴，即現在的糖尿病。杜甫罹患糖尿病，筆者據他在〈秋日夔州詠懷奉寄鄭監審李賓客之芳一百韻〉〔註2〕一詩中，提到自己罹患此病已三年來推測，他罹患此疾大概是在廣德二年（西元764年），當時他五十三歲，而此後這個病症，一直不斷糾纏著他，讓他覺得身體很不舒服，因而在此時期之前，他提到此疾的詩句，便已有七次之多，〔註3〕而到此時期，亦曾提到四次，可以想像，這個病症給他帶來的困擾一定是很大的。

〔註2〕同上註，卷16「飄零仍百里，消渴已三年。」，頁800。此詩據仇兆鰲之說，乃作於大曆二年，當時杜甫是五十六歲。

〔註3〕同註1，七次分別為〈十二月一日三首之二〉──（卷12，頁579）、〈別蔡十四著作〉──（卷12，頁589）、〈熟食日示宗文宗武〉──（卷15，頁748）、〈別蘇徯〉──（卷16，頁792）、〈秋日夔府詠懷奉寄鄭監審李賓客之芳一百韻〉──（卷16，頁800）、〈同元使君舂陵行〉──（卷12，頁604）〈送高司直尋封閬州〉──（卷18，頁888）

　　除了病渴之外，另一個嚴重摧殘詩人身體的，便是肺肝方面的疾病，這個疾病的罹患，起因於至德二年（西元 757 年）以前，他和蘇源明、鄭虔的經常痛飲過度，〔註4〕換句話說，杜甫在四十六歲以前就有肺肝的疾病，同樣地，這種疾病此後也一直困擾著他，因此在後來的詩歌中，他也經常提到肺肝病，次數多達十一次，〔註5〕而其中屬於此時期的就有兩次：

　　　　肺肝若稍愈，亦上赤霄行。（〈送覃二判官〉）──（卷 19，頁 946）

　　　　戀闕勞肝肺，論材愧杞楠。（〈樓上〉）──（卷 20，頁 984）

從這兩首詩中，我們可以看出他當時因爲心念家國，而使肺肝宿疾加重，而又因爲病情的日愈嚴重，更使得他被困在荊湘不能他去的境況。

　　病渴和肺肝的病，已消耗掉詩人不少體力，不幸風疾（風病）的病症，偏又讓他連行動都成問題，這裡所謂風疾（風病），筆者由他在〈風疾舟中，伏枕書懷三十六韻，奉呈湖南親友〉一詩：「軒轅休製律，虞舜罷彈琴。尚錯雄鳴管，猶傷半死心。」之詩句推測，大概類似現在的所謂風濕病，因爲此病會因風而發作，使病人肢體活動失常。而我們由他〈送高司直尋封閬州〉一詩中的：「我病書不成，成字讀（一作字）亦誤。」〔註6〕詩句看來，詩人最晚在大曆二年（西元 767 年），五十六歲，在夔州時便已經深苦於此病。而到了此時期，

〔註 4〕同註1，卷 15〈寄薛三郎中據〉一詩中，杜甫說：「春夏加肺氣，此病蓋有因。早歲與蘇鄭，痛飲情相親。」頁 751。此詩據仇兆鰲說作於大曆二年春天。筆者案：鄭虔在至德二年十二月陷賊官之後，被貶台州，爲此杜甫有〈送鄭十八虔貶台州司戶傷其臨老陷賊之故闕爲面別情見於詩〉一詩之作。二詩之作相距已有十一年，故其有「早歲」之言。

〔註 5〕同註1，除所舉兩首之外，其餘九首爲〈送唐十五誡因寄禮部賈侍郎〉──（卷 11，頁 547）、〈十二月一日三首之一〉──（卷 12，頁 578）、〈同元使君春陵行〉──（卷 12，頁 604）、〈返照〉──（卷 14，頁 668）、〈寄薛三郎中據〉──（卷 15，頁 751）、〈又上後園山腳〉──（卷 16，頁 775～776）、〈秋清〉──（卷 17，頁 832）、〈秋峽〉──（卷 17，頁 833）、〈敬寄族弟唐十八使君〉──（卷 18，頁 909）。

〔註 6〕見仇兆鰲：《杜詩詳注》卷 21，頁 1830。

這個病症則似乎是越來越嚴重，因為當病症一發作，他便必須趕快服下湯藥伏枕休息：

> 轉蓬憂悄悄，行藥病涔涔。（〈風疾舟中，伏枕書懷三十六韻，奉呈湖南親友〉）——（卷20，頁1032）

而杜甫平常的行動能力，也因為這個病症而受到很大限制：

> 此身飄泊苦西東，右臂偏枯耳半聾。寂寂繫舟雙下淚，悠悠伏枕左書空。（〈清明二首之二〉）——（卷19，頁969）

> 眼冷看征蓋，兒扶立釣磯。（〈送盧十四弟侍御護韋尚書靈櫬歸上都二十四韻〉）——（卷20，頁991）

> 使我晝立煩兒孫，令我夜坐費燈燭。（〈暮秋枉裴道州手札，率爾遣興，寄遞近呈蘇渙侍御〉）——（卷20，頁993）

由以上可知，當時的他不但耳朵出了問題，右手臂也已經形同殘廢，在此之前他尚能握筆，雖然書不成字，至少還可以勉強自己來，可是現在右手完全無法動作，只好用左手在空中比劃，由兒子來幫他代筆；至於雙腳，情況也是很糟糕，因體力不支，必須經常躺臥，而即使要起來走動，也必須由兒子攙扶，無法自己站立。

　　或許就是因為百病纏身，使得詩人的內在情感顯得特別敏感與脆弱，不論是面對家國或面對親朋好友，甚至是自然景物，他都會情不自禁地興發起悲傷的情懷：

> 衰老悲人世，驅馳厭甲兵。（〈奉送二十三舅錄事之攝郴州〉）——（卷20，頁1014）

> 天意高難問，人情老易悲。（〈暮春江陵送馬大卿公恩命追赴闕下〉）——（卷18，頁913）

不過，悲傷的情懷尚只是他此時內心裡的一種最根本基調而已，其實更多時候，他都是多感易淚的，譬如：

> 易下楊朱淚，難招楚客魂。（〈冬深〉）——（卷19，頁948）

> 湘川新涕淚，秦樹遠樓臺。（〈千秋節有感二首之一〉）——（卷20，頁984）

杜甫因著眼前景物的變化，而懷想起遠處的家國，故不禁淚濕衣裳。

至於以下的四首詩，則是他在與朋友送行道別時，因為忍不住內心的感傷而同樣淚濕衣襟：

> 古往今來皆涕淚，斷腸分手各風煙。(〈公安送韋二少府匡贊〉)
>
> ——（卷19，頁944）
>
> 當杯對客忍流涕，不覺老夫神內傷。(〈惜別行送劉僕射判官〉)
>
> ——（卷20，頁988）
>
> 途窮那免哭，身老不禁愁。(〈暮秋將歸秦留別湖南幕府親友〉)
>
> ——（卷20，頁1029）
>
> 揮手灑衰淚，仰看八尺軀。(〈別張十三建封〉)——（卷20，頁997）

在此，詩人很直接的承認，自己因為上了年紀，而又一而再，再而三地遭逢人生不如意，所以難免容易臨事感傷，「衰老悲人世」、「人情老易悲」和「途窮那免哭」三句，可說是此時期他整個心境的代表之言。而以下兩段詩句，又更讓我們看到垂暮的他，當感情碰到缺口，其一發不可收拾的情形：

> 涕泗不能收，哭君餘白頭。(〈重題〉)——（卷19，頁937）
>
> 老來多涕淚，情在強詩篇。(〈哭韋大夫之晉〉)——（卷20，頁981）

這兩段是他傷老友李之芳和韋之晉去世而寫下的詩句，「涕泗不能收」顯然他要告訴死者，當時的他情感已然崩潰而失控了。

貳、飢寒交迫苦貧窮

杜甫所以貧窮的原因，不必多說，大家即已知道其原因，原來命運多舛的他，雖然有意仕途，但是卻一生未中過進士，唯一的一次應玄宗「天下士有通一藝者」之徵詔，卻又因李林甫的阻撓而中途鎩羽，也因而他從此與高官厚祿絕緣。

唐朝自武則天以科舉選材之後，凡欲入仕者，不由此途便很難有得到高官的機會。詩人早年曾經一心想作官，因此二十四歲時便入京參加科舉考試，可惜落第而歸。為此，總計詩人一生，雖然當

過幾次小官吏，但始終非常不順利。第一次是在落第之後的十一年，即天寶五年（西元 746 年），他再度入京尋求作官機會，前後上〈天狗賦〉、〈鵰賦〉、〈三大禮賦〉給玄宗，天寶十四年（西元 755 年），已經四十四歲的他，終於被玄宗授爲河西尉，但是他拒絕，不久改爲右衛率府兵曹，但是他只當了幾個月，便辭職往奉先去了。第二次是在至德二年（西元 757 年），他四十六歲，自長安竄歸鳳翔，拜見肅宗之後，被任爲左拾遺，但因上疏救房琯，幾死，放還，因此也只當了兩、三個月的官而已。第三次是在代宗廣德元年（西元 763 年），他五十二歲，在梓州，召補京兆功曹，但是以路遠，亦不赴任。第四次則是在廣德二年（西元 764 年），嚴武再度鎭蜀之後，他入嚴武幕中，武表爲節度參謀檢校工部員外郎，賜給緋魚袋，但是半年之後，也就是永泰元年（西元 765 年），詩人便又因不堪吏事，而辭官歸浣花草堂，此時他已五十四歲。這四次的作官，除去未赴任的不說，其他三次加起來，其實全部時間不超過兩年。後來自成都移居夔州，又由夔州遷至荊湘，並至病死潭岳之間時爲止，詩人便再也沒有擔任過任何官職了。

當然，如果沒有擔任官職，卻能生當太平盛世，而可以安居家鄉，固守祖先大片莊園，那麼日子雖然嫌平淡，但也不失爲人生清福。可是杜甫一身未帶官職，卻偏又生於亂世，因此逼得他不得不攜帶全家人，離鄉背井，四處飄蕩，過著窮困潦倒的生活。雖然他也曾經暫時擁有過像浣花草堂、瀼西果園，和租來的東屯稻田等產業，但是卻總又因各種因素，而讓他不得不放棄它們。至於自夔出峽之後，他則一直都過著舟楫奔波，居無定所的生活，根本就沒有再置過產業了。

因爲沒有一官半職的固定收入，杜甫從早歲居長安時期開始，詩中便不斷出現苦於貧窮，甚至跟隨權貴求果腹的詩句；〔註7〕安祿山

〔註7〕同註1，卷1〈投簡咸華兩縣諸子〉：「赤縣官曹擁才傑，軟裘快馬當冰雪。長安苦寒誰獨悲，杜陵野老骨欲折。南山豆苗早荒穢，青門瓜地新凍裂。」頁37。又卷1〈奉贈韋左丞丈二十二韻〉：「騎驢三十載，旅食京華春。朝扣富兒門，暮隨肥馬塵。殘杯與冷炙，到處

攻陷長安之後，太平盛世結束，杜甫棲遑匆遽的亂世流離生活也隨之開始，也因此，其詩歌中述及貧窮的詩句，亦時有所見。直至此荊湘時期，其貧窮的情況不但沒有改善，反而比以前更甚，因爲當時曾經待他很友善，又有能力可以資助他的人，譬如嚴武、李之芳、鄭審、杜位等人，或已過世，或亦流離失意，無法給予他經濟上的支援。而他所到之處的地方幕府小吏，則對他輕視至極，更不用說是給他生活資助了。

　　就誠如仇兆鰲所說的：「公入蜀，則曰『故人供祿米』；在梓閬，則曰『途窮仗友生』；再還蜀，則曰『客身還故舊』；初到夔，則曰『親故時相問』。至此，則親朋絕少，旅況益艱，故篇中多抑鬱悲傷之語。」〔註8〕可見此時的詩人，幾乎已完全陷入孤立無援的困頓環境中，任憑著命運對他捉弄與擺佈。

　　爲了能深入了解杜甫當時孤立無援的窘境，筆者在進入析論他的貧窮內容之前，先敘述一下嚴武等四人，爲什麼先是幫助詩人，最後卻都袖手不顧他的原因，以及當時地方幕府小吏，又是如何對待詩人的。

　　我們先說此四位曾經資助者。首先說嚴武，他是杜甫居成都期間，給予幫助最多的人，時常推俸食不說，又表薦爲節度參謀檢校工部員外郎，雖然在居幕府時，詩人與嚴武「頗不甚合」，〔註9〕但是嚴武對他仍始終不賤不棄，而他也一向視嚴武爲知己，因此當嚴武去世歸櫬之日，詩人痛哭送之，詩中懷念他，而有「一哀三峽暮，遺後見君情」之語。〔註10〕嚴武的去世，讓詩人的經濟來源斷絕，頓失依靠，也促使他必須離開成都，四處浪遊求食。

　　再說李之芳，李氏出身唐宗室，爲蔣王惲之孫，開元末爲駕部員

　　　　潛悲辛。」頁 25。
〔註8〕 同註1，卷 22〈上水遣懷〉之註後說明，頁 1959。
〔註9〕 同註1，卷 12〈哭嚴僕射歸襯〉：「遺後見君情」注解，頁 570。
〔註10〕同註1，卷 12「素幔隨流水，歸舟返舊京。老親如宿昔，部曲異平
　　　　生。風送蛟龍匣，天長驃騎營。一哀三峽暮，遺後見君情。」當時
　　　　杜甫在忠渝間，頁 569～570。

外郎。杜甫與之相識甚早，天寶四年（西元 745 年），詩人三十四歲，出遊齊州（山東濟南），曾經陪北海太守李邕同登歷下古城員外新亭，此亭便是李之芳自尚書郎出為濟州司馬時所建的。當時李氏以主人身分，在新亭設宴款待杜甫與李邕，兩人相聚甚歡，杜甫因此作〈同李太守登歷下古城員外新亭〉一詩，〔註11〕以記當時宴飲情事；後來又作〈暫如臨邑至嶒山湖亭奉懷李員外率爾成興〉，〔註12〕懷想到青州去的李氏。此後李杜二人情誼，雖然中間經歷了杜甫到處遷徙，以及李氏出使吐蕃，被留滯兩年乃歸等種種因素影響而間斷，〔註13〕但是當兩人重新聯絡上之後，李氏便頻頻以書信問候，因此杜甫有〈秋日夔府詠懷奉寄鄭監李賓客之芳一百韻〉一詩答之，〔註14〕在此詩中，杜甫表達了對李氏頻頻相問的感謝之意，並期待早日到江陵與當時已轉徙在此的李氏會面。

到江陵了後的杜甫，與李氏過從甚密，宴集往來不斷，因此在詩人的江陵詩歌中，至今還留有〈宴胡侍御書堂〉、〈書堂飲既夜復邀李尚書下馬月下賦絕句〉、〈暮春陪李尚書李中丞過鄭監湖亭泛舟〉、〈夏夜李尚書筵送宇文石首赴縣聯句〉、〈多病執熱奉懷李尚書之芳〉等五首〔註15〕與李氏聚會酬贈的作品，是杜甫在江陵期間，與同一人唱和最多的。不過，正如他在〈秋日夔府詠懷奉寄鄭監審李賓客之芳一百韻〉中所說的：「羽翼商山起，蓬萊漢閣連。管寧紗帽淨，江令錦袍鮮。東郡時題壁，南湖日扣舷。遠遊凌絕境，佳句染華箋。」一樣，〔註16〕李氏雖然身帶官職，但是空有賢才，卻不能受到朝廷重用，因

〔註11〕同註6，卷22〈同李太守登歷下古城員外新亭〉引錢箋：「李為齊州司馬，或是史闕也。」頁 38。
〔註12〕同註1，卷1，頁 14。
〔註13〕同註6，卷22〈哭李尚書之芳〉，頁 1916。
〔註14〕同註1，卷16，頁 800～808。
〔註15〕同註1，此五首依次分別見於卷18之頁 911～912；頁 912；頁 914；頁 920～921；頁 921。
〔註16〕同註1，〈秋日夔府詠懷奉寄鄭監審李賓客之芳一百韻〉，頁 803～804。

此也只能日與友人冶遊，吟詠佳句自娛而已。也因此，儘管李氏對詩人極盡舊交的關照情誼，但是畢竟已經沒有權勢地位和經濟能力，來長期資助杜甫全家人的生活所需。杜甫最後離開江陵，另外找尋生活出路，和此事不無關係。而等到杜甫抵達公安不久，這一位曾經是他依靠者的李氏，自己卻先敵不過命運的捉弄而辭世。〔註17〕

　　至於鄭審，鄭審是杜甫摯友鄭虔的兄弟，〔註18〕鄭虔生性放蕩不羈，好飲酒，杜甫說他：「廣文到官舍，繫馬堂階下。醉則騎馬歸，頗遭官長罵。」〔註19〕但對他的才華則極為欣賞，因為他天資穎悟，才藝絕人，對於天文、地理、書法、繪畫、詩文等無所不通，〔註20〕或許是惜才心理，杜甫在鄭虔坐陷賊官罪，流貶台州司戶而卒之後，哀死者而因念生者，因此對其弟鄭審之不幸被貶謫江陵，也懷著一份特別疼惜之情，而決定「他日訪江樓，含淒述飄蕩」若到江陵，一定要好好去拜訪鄭審，和鄭審一起傾述人生飄蕩的淒苦無奈。而鄭審在被貶江陵後，也和李之芳一樣，從此看淡名利，遊湖題壁，裁作新句，對世事不想聞問。後來更築湖邊屋宅，追附風雅，揮金如土地與賓客享受，詩人在夔州聽說鄭審峽州湖上亭新落成，還作了〈秋日寄題鄭監湖上亭三首〉祝賀，〔註21〕並向他表示希望不久後到江陵，也有幸能夠「捨舟應卜地，鄰接意如何」和他比屋而住，成為鄰居。

　　到了江陵的杜甫，雖然沒有如願和鄭審成為鄰居，但是卻時常與友人過湖亭泛舟同遊，今天我們由他的〈暮春陪李尚書李中丞過鄭監

〔註17〕同註6，卷16〈哭李尚書之芳〉卷22，頁1916～1918；和同卷〈重題〉，頁1918～1919。

〔註18〕杜甫居夔州時作〈八哀詩〉，其中第七首是〈故著作郎貶台州司戶滎陽鄭公虔〉，其詩中有句云：「蕭條阮咸在，出處同世網。他日訪江樓，含淒述飄蕩。」仇兆鰲引原注云：「著作與今秘監鄭君審，篇翰齊價，謫江陵，故有阮咸江樓之句。」又引黃鶴之說云：「審，當與虔為兄弟，故比之阮咸，如杜位乃公從弟，而云阿咸也。」以註解「阮咸」二字。卷16，頁1413～1414。

〔註19〕同註1，卷2〈戲簡鄭廣文虔兼呈蘇司業源明〉，頁89。

〔註20〕同註1，卷14〈故著作郎貶台州司戶滎陽鄭公虔〉，頁690～693。

〔註21〕同註1，卷14，頁670～671。

湖亭泛舟得過字〉〔註22〕和〈宇文晁尚書之子崔或司業之孫重泛鄭監
審前湖〉二詩，〔註23〕似乎還感覺得出來，詩人當時遊湖時的心情是
很愉悅的。不過，若換一個角度來看鄭審，他以朝廷的秘書少監身分
貶謫江陵，屈身爲江陵少尹，〔註24〕居住民間過著仕隱般生活，即使
他的經濟能力足夠讓他「新作湖邊宅，還聞賓客過」，〔註25〕招待杜
甫及一群賓客，恐怕面對有數口之眾的杜甫一家人，他也只能愛莫能
助了。對於這個殘忍事實，我們由杜甫當時的〈舟中出江陵南浦，奉
寄鄭少尹審〉：「棲託難安臥，飢寒迫向隅」和「經過憶鄭驛，斟酌旅
情孤」〔註26〕等詩句看得出來，詩人當時除了悲嘆自己命運之外，實
在不敢責怪鄭審對自己的疏於照料。

　　而杜位呢？杜位原本應該是很有經濟能力可以資助杜甫的，更何
況他又是杜甫的從弟。杜位爲唐玄宗宰相——李林甫的女婿，天寶十
年（西元 751 年），當李林甫居相位時，杜位京中住宅，靠近西曲江，
家中經常高朋雲集，列炬設宴，是當時炙手可熱的名流，詩人和他感
情不錯，兩人時相往來，那年除夕，詩人在他家守歲，而有〈杜位宅
守歲〉之作。〔註27〕不過隔年，也就是天寶十一年（西元 752）十一
月，當李林甫去世之後，杜位的厄運也從此開始，先是在天寶十二年
（西元 753 年）被貶，而在此後的九年，他流放在外地不得歸。到了
肅宗上元二年（西元 761 年），雖然接獲詔令，由距離京師五千五十
二里的嶺南道新州，得以移官到距離京師一千七百三十里〔註28〕的江

〔註22〕同註 1，卷 18，頁 914。

〔註23〕同註 1，卷 18，頁 914～915。

〔註24〕同註 1，卷 19〈舟中出江陵南浦，奉寄鄭少尹審〉一詩之詩題下，
　　　　楊倫註曰：「公自江陵移居公安，公安在江陵南九十里，故出南浦。
　　　　鄭審時爲江陵少尹。」頁 938。可知鄭尹貶謫江陵之後，被任命爲江
　　　　陵少尹。

〔註25〕同註 1，卷 14〈秋日寄題鄭監湖上亭三首之二〉，頁 670。

〔註26〕同註 1，卷 19，頁 938～939。

〔註27〕同註 1，卷 1，頁 40。

〔註28〕見《舊唐書・地理二》卷 39，台北：鼎文書局，頁 1552。

陵擔任行軍司馬，但是行軍司馬並不是一個高階職位，它只負責掌弼戎政，教習士兵蒐狩戰守等之法，這樣的職位，對曾經貴為京中名流的杜位來說，是一個很委屈的降貶，因此當時居住在成都草堂的杜甫，聞訊後心中很不忍，曾作〈寄杜位〉一詩，〔註29〕對杜位致上萬分同情之意。及至詩人困居峽中日久，心情鬱悶，想念這位和自己一樣，受盡羈旅漂泊之苦的從弟時，詩人又有另有一首〈寄杜位〉之作，〔註30〕詩人在詩中除了訴說對杜位的想念之外，最主要便是向杜位盡情宣洩自己心中的悲苦。彼此之間的同病相憐之情，使詩人在大曆三年（西元 768 年）三月抵達江陵之後，便顧不得天正下著大雨，而急著要到杜位家拜訪他，也因此而有〈乘雨入行軍六弟宅〉一詩之作，〔註31〕詩中詩人所流露出來的極度頹喪之情令人驚訝，親人重逢，杜甫竟然沒有半點喜悅，反而須忍住眼淚，才能不致情緒崩潰，可以想像此時的詩人，心中已經明白，面對這樣一位同樣是天涯淪落人的從弟，他真的不敢奢望杜位能給自己多少資助了。

　　知道了以上四人的遭遇後，相信任誰都會和杜甫一樣，不但不會埋怨他們的吝於伸出援手，反而也會同情他們的艱難處境。至於當地的幕府小吏，則又是如何對待詩人的呢？我們由他的詩句中也可以得知其一二：

甲卒身雖貴，書生道固殊。出塵皆野鶴，歷塊匪轅駒。（〈大曆三年春，白帝城放船出瞿唐峽，久居夔府，將適江陵，漂泊有詩，凡四十韻〉）——（卷 18，頁 906～907）

時清疑武略，世亂踢文場。（〈遣悶〉）——（卷 19，頁 924）

金甲相排蕩，青衿一憔悴。嗚呼已十年，儒服敝於地。

〔註29〕同註 1，卷 8，「近聞寬法離新州，想見懷歸尚百憂。逐客雖皆萬里去，悲君已是十年流。干戈況復塵隨眼，鬢髮還應雪滿頭。玉壘題書心緒亂，何時更得曲江遊。」頁 360。

〔註30〕同註 1，卷 17，「寒日經簷短，窮猿失木悲。峽中為客恨，江上憶君時。天地身何往，風塵病敢辭。封書兩行淚，霑灑裛新詩。」頁 850～851。

〔註31〕同註 1，卷 18，頁 911。

> 征夫不遑息，學者淪素志。（〈題衡山縣文宣王廟新學堂呈陸宰〉）
>
> ——（卷 20，頁 1026）

原來在亂世裡，儒生文人一概都被認為是無濟於世，而金甲武夫則只要能夠拿著武器廝殺，不管他的品行才學如何，都可以擁兵自重，出任要職，這是亂世裡普遍的怪現象，實非杜甫一人所能扭轉，而他處在這樣一個亂世裡，當然也就很難不受到傷害。而且更嚴重的是不僅儒生文人不受重視，甚至連材淑名賢之人，也被棄之如敝屣：

> 才淑隨廝養，名賢隱鍛鑪。（〈過南嶽入洞庭湖〉）——（卷 19，
>
> 頁 955）

當時的時代風氣如此，偏偏杜甫又是一個以儒生文人自居，自視才淑名賢的人，更何況此時的他已年紀老大，全身是病，又是一個漂泊無根的異鄉客，以這樣的劣勢條件，要贏得當地年輕氣盛武夫們的尊敬，可以想像，那是不可能的，因此他在心傷之餘，而有以下這些詩句：

> 眼中萬少年，用意盡崎嶇。（〈別張十三建封〉）——（卷 20，頁
>
> 997）
>
> 低顏下色地，故人知善誘。後生血氣豪，舉動見老醜。
>
> 窮迫挫囊懷，常如中風走。（〈上水遣懷〉）——（卷 19，頁 957）

他感受到周遭那些年輕人盛氣凌人，心機叵測，而自己卻相形之下，舉動不免老醜窮迫，當然自卑之心油然而起，只好「低顏下色地」，小心翼翼，此正說明了詩人當時自慚形穢的心態。而：

> 逢迎少壯非吾道，況乃今朝更被除。（〈清明〉）——（卷 20，
>
> 頁 1012）

詩人面對這些少壯們，一方面既自慚形穢，另方面卻又有一股不肯屈就於他們的傲然骨氣，可以想像，他之所以會所到之處皆受到地方幕府們的排擠，與他自身的既自卑又自傲的矛盾心理，一定有著密切關係。

　　了解了杜甫所以貧窮的原因之後，現在我們便可以進一步來知道他當時貧窮的情況與程度。

一、舟楫為家，無立錐之地

杜甫自出公安之後，到去世為止，一家人所到之處皆以船為屋，不復陸居，這對於來自北方的他來說，是很辛苦且不能適應的，因此在此時期的詩歌中，他不斷發出無家可歸的悲鳴，希望有人伸出援手：

> 易下楊朱淚，難招楚客魂。風濤暮不穩，捨棹宿誰門。
>
> （〈冬深〉）——（卷 19，頁 948）

此詩仇兆鰲說：「當是發公安後詩」，[註32] 這時李之芳、鄭審都已不在杜甫身邊，由詩中，我們知道此時正值深冬，天寒地凍，一路舟行水宿的他，苦於到了傍晚，風濤便使船搖擺不定，欲捨棹上岸過夜，卻又不知有誰肯收容他們一家人。而在此後，他這種情形仍一直無法改善：

> 孤舟似昨日，聞見同一聲。……碧藻非不茂，高帆終日征。
>
> （〈早行〉）——（卷 19，頁 961）

仇兆鰲認為此詩作於大曆四年，[註33] 此時的詩人正一路奔波在汨湘江往潭州的道路上，孤舟與高帆成了他生活的全部，不論晝夜皆是如此。他絕對沒有料到，入了潭州之後，此種情況還比以前更糟糕：

> 垂白亂南翁，委身希北叟。真成窮轍鮒，或似喪家狗。
>
> （〈奉贈李八丈曛判官〉）——（卷 20，頁 996）

詩人以車轍裡將被渴死的鮒魚，和失去主人無家可歸的流浪狗，來形容自己在潭州的艱困處境，其當時一貧如洗的困窘，我們由此詩中可以清楚想見。到了這個地步，果腹成了這個時期詩人最大的奢侈，飯味菜香是每天的夢想，我們且來看看他當時的情形。

二、三餐不繼，飢餓求食

> 童稚頻書札，盤飧詎糝藜。…嶷嶷瑚璉器，陰陰桃李蹊。
> 餘波期救涸，費日苦輕齎。杖策門闌邃，肩輿羽翮低。
> 自傷甘賤役，誰愍強幽棲。巨海能無釣，浮雲亦有梯。
> 勗庸思樹立，語默可端倪。贈粟囷應指，登橋柱必題。

〔註32〕同註 6，卷 22，頁 1937。

〔註33〕同註 6，卷 22，頁 1962。

丹心老未折，時訪武陵溪。

（〈水宿遣興奉呈羣公〉）——（卷 19，頁 922～923）

抱著萬分期待心情來到江陵的杜甫，在江陵待了幾個月之後，發現頻繁的書札請求，仍舊無法換得江陵幕府羣公們之同情與資助，於是他帶著一家人暫至外邑停留，水宿江邊，並以詩作奉呈羣公，試圖作最後一次努力，爭取他們的救涸贈粟，他當時的姿態之低，語氣之卑微，讓我們不禁感受出當時他飢餓的程度。

當然，這最後一次的努力還是失敗了，懷著失望心情，杜甫帶著家人離開江陵來到公安，不過，在公安的情形也和在江陵差不多，飢餓讓他又不得不向朋友求食：

南國調寒杵，西江浸日車。客愁連蟋蟀，亭古帶蒹葭。

不返青絲鞚，虛燒夜燭花。老翁須地主，細細酌流霞。

（〈官亭夕坐戲簡顏十少府〉）——（卷 19，頁 943）

此詩楊倫注云：「索飲於少府，故曰戲簡」，雖然此詩，詩人以戲簡名義，奉寄顏十少府，但是，「老翁須地主，細細酌流霞」兩句，卻讓我們不難體會出詩人當時肚子空虛，急需有好酒美食果腹的迫切。只可惜，他的渴望經常是落空的，而即使受到邀約，在宴席上，他也只是被當作戲弄玩笑的對象而已：

白頭供宴語，烏几伴棲遲。交態遭輕薄，今朝豁所思。

（〈移居公安敬贈衛大郎鈞〉）——（卷 19，頁 943）

這些不愉快促使杜甫決定離開公安，可是，離開公安來到岳州之後，顯然地，他飢餓的情況仍是沒有改變：

老夫纜亦解，脫粟朝未餐。（〈別董頲〉）——（卷 19，頁 949）

此詩仇兆鰲注引朱鶴齡云：「當是大曆三年作」，又說：「公是時將適潭州矣。」〔註34〕詩中，杜甫與即將泝漢水到鄧州的董頲分別，自己則亦將解纜前往潭州，他當時離開岳州適潭的原因，在「脫粟朝未餐」一句中透露得很清楚，因為已經斷糧，無粟可炊了。為了求食，詩人

〔註34〕同註6，卷22，頁 1939。

不得不繼續努力掙扎，尋找下一個機會。然而到達潭州之後，情況還是沒有想像中的好，勞累加上疾病與飢餓，使他躺臥在床無法行動，應該是求生本能的作用，杜甫又再次提筆向友人求救：

> 客子庖廚薄，江樓枕席清。衰年病祇瘦，長夏想爲情。
> 滑喜雕菰飯，香聞錦帶羹。溜匙兼煖腹，誰欲致杯罌。
>
> （〈江閣臥病，走筆寄呈崔盧兩侍御〉）──（卷 20，頁 981～982）

此詩仇兆鰲認爲作於大曆四年（西元 769 年）秋，杜甫在潭州時。又引顧宸注說：「溜匙總承飯羹，煖腹指酒，兼欲得杯罌也。此說較妥。」由此，我們很清楚知道此詩也是詩人爲飢餓而求食的作品。詩人餓著肚子，躺臥在病床上，腦海中想著菰飯蓴羹的可口，和溫酒的香味。

大曆五年（西元 770 年）春天，同樣是爲了飢餓，詩人只好又提筆向湖南刺史蕭十二使君請求幫助：

> 曠絕含香舍，稽留伏枕辰。停驂雙闕早，迴雁五湖春。
> 不達長卿病，從來原憲貧。監河受貸粟，一起轍中鱗。
>
> （〈奉贈蕭十二使君〉）──（卷 20，頁 1014）

杜甫與蕭十二使君，曾經在嚴武幕府中共事過，蕭郎是一個有情有義之人，嚴武逝世後，他對嚴武之母以及子女皆有覆育之恩，杜甫此時潦倒落魄，在無路可走之下，也只好求助於蕭郎，請求他高抬貴手，貸予米粟以活命。

第二節　在心理方面

杜甫在代宗大曆三年（西元 768 年）正月中旬，攜帶著一家人，從白帝城出發，去夔而出峽，目的地是江陵。此後三年，他就像是一個突然失去作用的羅盤，生命方向大亂，內心充滿矛盾與衝突。隨著身體病痛的加劇，生活壓力的沉重，與國家局勢的不穩定，他既滿懷漂泊苦情，卻酖賞美景不能已；既丹心未老，卻絕望如槁灰；既念鄉情切，卻一路圖南找生計；既驅馳鶩求，卻自傷厚顏斲志節。這些複雜情結糾葛纏繞，撥不開也理不清，終於成爲他此時期的心靈特徵，而當轉換成文字，也

理所當然成就了他此時期的特殊詩歌風格。現在筆者試以反推方式，就其詩歌中之文字，還原出此時期杜甫之心理層面狀態。

壹、滿懷漂泊苦情，卻酣賞美景不能已

一、滿懷漂泊苦情

（一）訴說力救房琯留遺憾

安史之亂打破了大唐的太平盛世，也攪亂了杜甫未來的人生，在九死一生脫出長安後，他奔赴行在晉謁肅宗，被當時即位在靈武的肅宗任命爲左拾遺，原本以爲從此可以遠離厄運的他，卻在力救房琯不成後，開始長達十二年之久的流離歲月，他眞的有些不甘心，很難釋懷，因而在此後的詩歌中，他一而再，再而三地提及這件讓他從此漂泊不得歸的往事：

> 此生遭聖代，誰分哭窮途。臥疾淹爲客，蒙恩早廁儒。
> 廷爭酬造化，樸直乞江湖。(〈大曆三年春，白帝城放船出瞿唐峽，
> 久居夔府，將適江陵，飄泊有詩，凡四十韻〉) ──（卷18，頁906）

此詩作於杜甫初出夔州，將抵江陵之前。他以自己能列身儒官爲傲，也以自己因秉持正義，卻遭到今日哭窮途的命運而痛心。而這種不平情緒，隨著他在江陵生活的受挫，更成爲他腦海中一個抹不掉的烙印，不定時閃現：

> 昔承推獎分，愧匪挺生材。遲暮宮臣忝，艱危袞職陪。
> 揚鑣隨日馭，折檻出雲臺。罪戾寬猶活，干戈塞未開。
> 星霜玄鳥變，身世白駒催。伏枕因超忽，扁舟任往來。
>
> (〈秋日荊南述懷三十韻〉) ──（卷19，頁927）

因爲在江陵無法生存下去而出走荊南的他，失意之餘，不免又重新記憶起造成今日漂泊的原因始末，他追隨國君赴行在，因房琯推獎而得以拜爲宮臣，卻又因救房琯而幾死，雖然幸有張鎬之救，罪戾始寬，但是事隔多年，安史之亂仍未平，使得自己困居在江湖不得歸。除了以上兩段，下面一首詩，同樣也是詩人在生活受挫時，不愉快記憶閃

現腦海的作品：

> 汨吾隘世網，行邁越瀟湘。渴日絕壁出，漾舟清光旁。
>
> 〈〈望岳〉〉──（卷 19，頁 974～975）

已經走過公安、岳州、潭州，所到之處盡皆遭受拒絕的他，現在頂著一輪火熱太陽，繼續奔波在往衡州的途中，勞累讓他不禁又歸咎起救房琯的那一段往事。

不過，誠如他自己所說的：「干戈塞未開」、「扁舟任往來」，其實救房琯只是一個遠因，其實真正讓他今天回不去家鄉的近因，則是因為安史之亂未平。因此，在他反覆傾訴漂泊之原因時，他也不斷提到國家亂事。

（二）埋怨天下未平不得歸

杜甫對於這個傾訴，其數量超過救房琯之事，幾乎遍及他所行歷的每一個落腳處：

> 聞道今春雁，南歸自廣州。見花辭漲海，避雪到羅浮。
>
> 是物關兵氣，何時免客愁。年年霜露隔，不過五湖秋。
>
> 〈〈歸雁〉〉──（卷 18，頁 915）

仇兆鰲注引朱鶴齡之言，[註35]認為此詩作於大曆三年（西元 768 年）春天，果爾，那麼當時杜甫大概剛抵達江陵不久。他歷盡千辛萬苦，好不容易才由夔州遷居此處，但是我們從「何時免客愁」一句，便可以清楚發現，這裡其實並不是他想要永久定居的地方，因為居於此地將永遠有客愁，至於何時才能免除客愁，詩人望著天上的歸雁，自己心中也沒有把握，因為「是物關兵氣」，這些雁子的異常來去，可能又是大兵災將至的預兆。當然，只要大兵災再發生，詩人心中明白，那麼歸鄉的希望又將更渺茫，而漂泊之恨也將無法止息。

熬過了在江陵的不如意，來到公安的他，面臨該往南繼續前進，或是北歸秦地的抉擇：

> 南渡桂水闕舟楫，北歸秦川多鼓鞞。

〔註35〕同註6，卷21，頁 1884～1885。

年過半白不稱意，明日看雲還杖藜。

（〈暮歸〉）──（卷 19，頁 934）

詩人自己分析了南行和北歸的可能性，南行有交通工具上的困難，北歸則北方戰亂尚未平息。當然，我們由他後來繼續南下岳州的事實，來回頭設想詩人當時所以仍然勉強南下的原因，一定是考慮到戰亂的可怕，又由「明日看雲還杖藜」一句看來，當時的杜甫，其心中似乎也已經開始在為將要長期漂泊作心理準備。

繼續南行的他，一路泝著湘江準備到潭州，沿途清新的南國風光，讓來自北方的他眼睛一亮，難免陶醉在美景中：

羈離暫愉悅，嬴老反惆悵。中原未解兵，吾得終疏放。

（〈次晚洲〉）──（卷 19，頁 964）

我們感受得出來他當時的陶醉，不過這也只是片刻歡欣而已，因為鄉愁仍在，而最主要的是，國家亂事未定，眼前的平靜恐怕也只是暫時的，能夠因此就高枕無憂的可能性不大，詩人言下之意，漂泊苦情仍然是明顯可見。

到潭州之後仍舊落魄失意的他，掛起帆席決定繼續南行，往衡州尋找機會，在半途中，他歷敘了自己眼前的艱難處境：

多憂汙桃源，拙計泥銅柱。未辭炎瘴毒，擺落跋涉懼。
虎狼窺中原，焉得所歷住。葛洪及許靖，避世常此路。
賢愚誠等差，自愛各馳騖。嬴瘠且如何，魄奪鍼灸屢。
擁滯僮僕慵，稽留篙師怒。終當掛帆席，天意難告訴。

（〈詠懷二首之二〉）──（卷 19，頁 973～974）

病弱的身體，必須經常施予鍼灸治療，僮僕篙師則早就不耐煩他這種擁滯緩慢的前進方式。但是既然眼前有這麼多艱難處境，詩人又為什麼不乾脆掉轉船頭北歸呢？理由還是一樣，國家亂事未定，「虎狼窺中原」的關係，讓他必須繼續忍受漂泊馳騖之苦，學古人浪遊江湖以避世。

（三）感嘆茫然身奚適

閱讀杜甫此時期詩歌，其三年之間所行歷之蹤跡雖然明晰可見，

不過如果我們將這些詩歌加以深入分析，卻會發現他雖然走過那些地方，但是那些地方都不是他事先計畫好的行程，而是他在無可奈何下的急就章，因為是如此，所以他在一路前行的過程中，對於此去將是福是禍、是對是錯，心中始終沒有把握，也因此空虛茫然的漂泊感，總是充滿在他的詩歌中：

> 更欲投何處，飄然去此都。形骸原土木，舟楫復江湖。
> 社稷纏妖氣，干戈送老儒。百年同棄物，萬國盡窮途。
> ……溟漲鯨波動，衡陽雁影徂。南征問懸榻，東逝想乘桴。
> 濫竊商歌聽，時憂卞泣誅。經過憶鄭驛，斟酌旅情孤。
> （〈舟中出江陵南浦，奉寄鄭少尹審〉）──（卷 19，頁 938～939）

此都指的是江陵，當時杜甫人已在船中，而且船已駛出南浦，但是他竟然還不知道自己該往何處去，就因為「社稷纏妖氣」的關係，北歸顯然不可能，然而不能北歸，又能往哪裡去呢？南征或是東逝？南征或許可以找到作官的機會，而東逝則可以方便隱居，這是一個兩難的選擇題。他感慨在江陵知己難逢，唯有鄭尹尚肯酌酒相慰問，怎奈鄭尹屈居江陵小吏，早就看淡名利，追求生活享樂，又哪裡有餘力可以資助他一家人生活所需？

經過了一場矛盾的內心激戰，他暫時還是決定南征找機會，於是來到位在江陵南邊的公安，只是生活的艱困無助，再度讓他決定離開公安另找出路：

> 正解柴桑纜，仍看蜀道行。檣烏相背發，塞雁一行鳴。
> 南紀連銅柱，西江接錦城。憑將百錢卜，漂泊問君平。
> （〈公安送李二十九弟晉肅入蜀，余下沔鄂〉）──（卷 19，頁 946
> ～947）

詩人在公安送李賀之父晉肅入蜀時，自己也正猶豫著到底是要經由南紀東下沔鄂到漢陽，或是南行到衡州，而這個猶豫，我們由他事後的行走路線看來，顯然是後者出線，而其考慮的因素，不必說當然也是北方戰事未平。

南行來到岳州的他，困窘地勉強度日，在嚴寒的冬日裡，他送別

將要到鄧州去的董頲，而自己長久以來想東適漢陽隱居的想法，重又回到心頭：

> 別我舟楫去，覺君衣裳單。……老夫纜亦解，脫粟朝未餐。
> 飄蕩兵甲際，幾時懷抱寬。漢陽頗寧靜，峴首試考槃。
> 當念著皂帽，采薇青雲端。(〈別董頲〉) ——（卷19，頁949）

此首為五言二十句的古詩，此處所舉為第十三句到第二十句。詩人眼看著董頲要前往與漢陽相近的鄧州，不禁地，也很想立刻解纜發船，趕快到漢陽去。

但是諸多因素的考量，最後他還是決定繼續往南走，只是往南走的目的地究竟在哪裡？這個問題，當時的他當然也是不知道：

> 翠牙穿裛蔣，碧節吐寒蒲。病渴身何去，春生力更無。
> (〈過南岳入洞庭湖〉) ——（卷19，頁955）

而這個不知該何去何從的問題，甚至到了他船隻行出了洞庭湖，並進入白沙驛時，仍然沒有答案，甚至此後這個問題，一直跟隨著他到決定辭別湖南幕府親友返回北方時，也同樣沒有得到圓滿解答：

> 暮年且喜經行近，春日兼蒙暄暖扶。
> 飄然斑白身奚適，傍此煙霞茅可誅。
> (〈岳麓山道林二寺行〉) ——（卷19，頁967）

> 興盡纔無悶，愁來遽不禁。生涯相汩沒，時物正蕭森。
> 疑惑樽中弩，淹留冠上簪。牽裾驚魏帝，投閣為劉歆。
> 狂走終奚適，微才謝所欽。(〈風疾舟中，伏枕書懷三十六韻，奉
> 呈湖南親友〉) ——（卷20，頁1031）

上面一首是杜甫在大曆四年（西元769年）春初到潭州，遊道林二寺時所作，當時人已在潭州境內的他，仍然不知道自己的歸處在哪裡；而下面一首則是他在潭州、衡州、耒陽之間，連續奔走無著，最後病臥舟中，感傷不知何去何從時所作，在這一首詩中，他重又提及當年為救房琯而被逐出的舊事，並述及自己目前的困境，「狂走終奚適」的「狂走」和「奚適」，他要大聲向諸親友哀嚎，他已經完全崩盤，不知道未來的人生方向究竟在何處。

二、酣賞美景不能已

正如我們在紀行詩中所說的，詩人以一個北方人的身分，來到這一片到處山光水色、鳥語花香的南方地區，南國的特殊風情，有時候的確深深吸引住他的眼光，讓他即使滿懷漂泊苦情，有時也會短暫閃現甘心終老於此的滿足感：

> 紗帽隨鷗鳥，扁舟繫此亭。江湖深更白，松竹遠微青。
> 一柱應全近，高唐莫再經。今宵南極外，甘作老人星。
>
> （〈泊松滋江亭〉）——（卷 18，頁 910）

> 南岳自茲近，湘流東逝深。和風引桂楫，春日漲雲岑。
> ……甕餘不盡酒，膝有無聲琴。聖賢兩寂寂，眇眇獨開襟。
>
> （〈過津口〉）——（卷 19，頁 961）

二首之中，上面一首是五言律詩，作於初出夔州，將往江陵的途中，當時春天和暖的天氣，和眼前美麗的風景，使杜甫一時之間，不禁有在此「甘作老人星」的滿足感。下一首則是五言十四句排律，作於詩人將前往潭州的半途中，其實此時的他心情是茫然而沉重的，生活壓力與思鄉之情，正緊緊糾纏著他，但是眼前津口一帶的春景，卻讓他暫時忘卻不如意，而神情愉悅地開懷暢飲。

杜甫離開岳州前往潭州時是大曆四年（西元 769 年）春天，一路上湘江兩岸的美景，令他每每有驚艷的喜悅，不但暫時忘卻不如意，而且也同樣心生久留之意：

> 汎汎逆素浪，落落展清眺。幸有舟楫遲，得盡所歷妙。
> 空靈霞石峻，楓梓隱奔峭。青春猶無私，白日亦偏照。
> 可使營吾居，終焉託長嘯。毒癘未足憂，兵戈滿邊徼。
> 嚮者留遺恨，恥為達人誚。迴帆覬賞延，佳處領其要。
>
> （〈次空靈岸〉）——（卷 19，頁 962）

詩人面對空靈岸的美景，心中不禁有「可使營吾居，終焉託長嘯。」的念頭，當然，這也只是一時衝動的念頭而已，因為正如前面說過的，他知道在這個兵戈滿邊徼的亂世裡，個人是很難全身的。

仍然是行走在湘水的逆流中，來到晚洲準備夜宿的他，又被眼前

聞名遐邇的美景吸引住，一時之間情感複雜矛盾：

> 參錯雲石稠，陂陀風濤壯。晚洲適知名，秀色固異狀。
> 棹經垂緣把，身在度鳥上。擺浪散帙妨，危沙折花當。
> 羈旅暫愉悅，羸老反惆悵。中原未解兵，吾得終疏放。
>
> （〈次晚洲〉）──（卷 19，頁 964）

他此時內心的複雜矛盾，我們大約可為它分析出兩種成分，一種是愉悅的，其原因來自於眼前的美景，他欲營居於此；另外一種是惆悵的，其原因來自於北方仍多故，他欲返回故鄉，卻因中原未解兵而不可能成行。我們可以想像當時的他，愉悅的情感裡，其實是夾雜著滿懷的漂泊苦情成分的。而這種複雜矛盾情感，甚至還一直延續到後來：

> 昔逢衰世皆晦跡，今幸樂國養微軀。
> 依止老宿亦未晚，富貴功名焉足圖。
> 久為謝客尋幽慣，細學周顒免興孤。
> 一重一掩吾肺腑，山鳥山花吾友于。
> 宋公放逐曾題壁，物色分留與老夫。
>
> （〈岳麓山道林二寺行〉）──（卷 19，頁 967～968）

此詩作於大曆四年（西元 769 年）初春，來到潭州的他，心中實有「飄然斑白身奚適」的茫然之苦，但是面對道林二寺清幽離塵的優美景致，稠疊的山，山中的花鳥，都變成他最親近的好朋友，於是又讓他忍不住興起想要卜居養生於此的念頭。當然，這個念頭同樣也只是腦海裡暫時閃現的衝動而已，因為又正如前面所說的，他知道那是不可能的。

貳、丹心未老，卻絕望似槁灰

一、丹心未老

杜甫雖然一生作官的時間不超過兩年，但是早從他三十五歲再度回長安開始，他對國家局勢的變化，以及人民生活的疾苦便非常關心，因而除了大量創作反映國家社會現象的社會詩外，他又經常在詩歌中，表現他願意為國家及國君效勞的心志。此時期的他也是一樣，

時常思有報國之一天。但是這時候的他，一則已知道回北方的希望很
渺茫，二則自己的身體狀況實在很差，因而在他丹心未老的雄心之
下，我們卻可以感受出他那掩不住的悲涼感，甚至心如槁灰的絕望
感，而形成他此時期詩歌的另外一個很特殊現象。現在我們也來分析
他在這方面的情形：

> 勳庸思樹立，語默可端倪。贈粟囷應指，登橋柱必題。
>
> 丹心老未折，時訪武陵溪。
>
> （〈水宿遣興奉呈羣公〉）──（卷 19，頁 922～923）

這一段是詩人居江陵，而暫住外邑時所作，此時的他丹心老未折，仍
常常以救時濟世自命，其詩中之「勳庸思樹立，語默可端倪。」對他
自己來說，說得懇切眞實，但是由旁觀者看來，其實其詩中的悲涼感
實遠過於壯志感。至於以下：

> 倚著如秦贅，過逢類楚狂。氣衝看劍匣，穎脫撫錐囊。
>
> 妖孽關東臭，兵戈隴右瘡。時清疑武略，世亂跼文場。
>
> 餘力浮於海，端憂問彼蒼。百年從萬事，故國耿難忘。
>
> （〈遣悶〉）──（卷 19，頁 923～924）

這一段仇兆鰲注引朱鶴齡云：「當是大曆三年夏江陵作」，[註36] 此時
的他居於江陵，感傷自己隨地漂流，身如出贅，而意多感憤，然而由
「氣衝看劍匣，穎脫撫錐囊」看來，他的雄心壯志，似乎還眞是不小。
只是縱使他丹心猶在，然而其內心的悲涼感，卻也由「餘力浮於海，
端憂問彼蒼」一句中，不經意地透露了出來。又如：

> 落日心猶壯，秋風病欲蘇。古來存老馬，不必取長途。
>
> （〈江漢〉）──（卷 19，頁 935）

仇兆鰲注據蔡氏之說，認爲杜甫此詩作於大曆四年（西元 769 年）秋
天，[註37] 此時的他居住在潭州，也是生活困頓，親朋無靠，值此之
際，誠如仇氏所注解的，詩人乃是在自述胸懷，表達自己雖然只是一
個當世腐儒，不過心壯病蘇，其智慧仍然有可用之處。然而，我們由

〔註36〕同註 6，卷 21，頁 1898。
〔註37〕同註 6，卷 23，頁 2029。

他詩中的「不必取長途」一句，卻也又看得出他對自己體力的懷疑，因為他此時已經只可被取智，而不能再被取力了。另外又如：

> 留滯才難盡，艱危氣益增。圖南未可料，變化有鯤鵬。
>
> （〈泊岳陽城下〉）──（卷19，頁951）

這一段是杜甫在岳州時所作，當時的他生活困頓，並已深知北歸不可能，因此決心向南征，尋找發展機會，表面上看起來，他此時是「留滯才難盡，艱危氣益增」充滿雄心壯志，但是「圖南未可料」一句，他心中的悲涼感，其實也已經不言而喻了。最後再如：

> 疲苶苟懷策，棲屑無所施。先王實罪己，愁痛正為茲。
>
> 歲月不我與，蹉跎病於斯。夜看豐城氣，回首蛟龍池。
>
> 齒髮已自料，意深陳苦詞。
>
> （〈詠懷二首之一〉）──（卷19，頁972～973）

仇兆鰲說：「此當是大曆四年春自潭州上衡州時作」。[註38] 此時的詩人在來回奔走道途，到處求索，卻得不到支援下，仍然「夜看豐城氣，回首蛟龍池」，表面上看來，他似乎是充滿雄心，但是由「齒髮已自料，意深陳苦詞」二句，同樣地，他也讓我們再次看到那掩不住的悲涼感。

由以上五段詩句，我們看到了杜甫丹心未老的壯志，但也同時知道，他的未老丹心之所以會始終無法如願以償，其最根本原因，除了他自己的命運作祟外，其實最主要的則在於國家的兵連禍結。

二、絕望似槁灰

因為長時間以來，其丹心受到內外因素干擾而不能實現，再加上身老病侵，以及生活壓力的逼迫，此時期的詩人，其內心有時真的只能以絕望似槁灰來形容：

> 賢非夢傅野，隱類鑿顏坏，自古江湖客，冥心若死灰。
>
> （〈秋日荊南述懷三十韻〉）──（卷19，頁930）
>
> 扁舟空老去，無補聖明朝。（〈野望〉）──（卷19，頁965）
>
> 戀闕勞肝肺，論材愧杞柟。亂離難自救，終是老湘潭。

〔註38〕同註6，卷22，頁1979。

（〈樓上〉）──（卷20，頁984）

　　年年非故物，處處是窮途。喪亂秦公子，悲涼楚大夫。

　　平生心已折，行路日荒蕪。（〈地隅〉）──（卷19，頁936）

由以上所舉之四段，尤其是「冥心若死灰」、「無補聖明朝」、「終是老湘潭」和「平生心已折」四句中，我們真的找不到詩人他當時生命的支撐點到底在哪裡，一切劣勢全部集中在他身上，而他卻又像風中殘燭般地，體力正一點一滴失去，相映於前段所舉之丹心未老，這些詩句所透顯出來的，其蒼老沉重則更甚於前面。

參、念鄉情切，卻一路圖南找生計

　　在杜甫這三年的漂泊日子裡，他心裡充滿矛盾，一面心念故鄉，一面卻背著故鄉，走著離故鄉越來越遠的路，爲的是想尋求作官機會以養家活口。現在我們先來分析他念鄉情切之情。

一、念鄉情切

　　詩人雖然是在滿懷希望之下來到江陵的，但是他的鄉愁，卻早已在他的船隻尚走在前往江陵途中便已開始：

　　前聞辨陶牧，轉盼拂宜都。縣郭南畿好，津亭北望孤。

　　（〈大曆三年春，白帝城放船出瞿唐峽，久居夔府，將適江陵，漂泊有詩，凡四十韻〉）──（卷18，頁905）

「縣郭南畿好，津亭北望孤。」這種北望而想念故鄉的情懷，此後隨著他生活的不如意，其深刻度又更明顯增加：

　　佳辰強飲食猶寒，隱几蕭條戴鶡冠。

　　……雲白山青萬餘里，愁看直北是長安。

　　（〈小寒食舟中作〉）──（卷20，頁1018）

　　聖賢名古邈，羈旅病年侵。舟泊常依震，湖平早見參。

　　如聞馬融笛，若倚仲宣襟。故國悲寒望，羣雲慘歲陰。

　　（〈風疾舟中，伏枕書懷三十六韻，奉呈湖南親友〉）──（卷20，頁1030～1031）

上面一首詩大約作於大曆五年（西元770年）春天居潭州時，寒食佳

節的到來，讓詩人不禁興發起濃濃的鄉愁而食不知味，等抬頭一望，青山白雲綿延萬餘里，而故鄉卻又在萬餘里的青山白雲之外，歸日無期的無奈，使得他只好用「愁看」的方式想念北方的故鄉。

下面一首作於大曆五年（西元 770 年）冬天，他到處奔走，卻求助無門，病體侵尋，行藥涔涔，諸般的挫折使得他「舟泊常依震」，無時無刻不想著將船頭對著東方，以準備隨時揚帆歸去。

只是，不管是「北望」或是「愁看」，甚至是「悲望」，相信其思鄉情懷還是很難消除的，因此他也像古來多少異鄉遊子一樣，用喝酒或是痛哭的方式，來宣洩滿懷難解的愁思。我們先說他的喝酒：

> 汎愛容霜鬢，留歡上夜關。自吟詩送老，相對酒開顏。
> 戎馬今何地？鄉園獨在山。江湖墮清月，酩酊任扶還。

（〈宴王使君宅題二首之二〉）──（卷 19，頁 945）

仇兆鰲注引朱鶴齡注云：「當是大曆三年秋作」又引邵注說：「王必荊州人，閑居邑中者」[註39] 杜甫接受邀請，前來王使君宅參加王家的餐敘，他用喝酒並藉著酩酊大醉，來忘記自己今身何處的苦情，寬解糾纏的鄉愁。

有酒可喝固然可以解鄉愁，但是以當時他的經濟狀況來說，自己買酒喝似乎有些困難，而在當時亂世少恩惠之時代裡，要經常得到邀約而喝酒，也是不太可能，因此詩人只好經常用痛哭來宣洩鄉愁：

> 歸路非關北，行舟卻向西。暮年漂泊恨，今夕亂離啼。

（〈水宿遣興奉呈羣公〉）──（卷 19，頁 922）

> 親朋無一字，老病有孤舟。戎馬關山北，憑軒涕泗流。

（〈登岳陽樓〉）──（卷 19，頁 952）

此詩作於居江陵時，當時生活窘迫，暫居於江陵外邑的他，明知故鄉就在北方，卻欲歸而不能，漂泊之恨加上思鄉情愁，令他不禁為亂離而啼哭。而下面一首則是作於居岳州時，當時同樣是投靠無門，同樣是想念著烽火漫天的故鄉而欲歸不得，於是錐心的憾恨使他再次老淚

〔註39〕同註 6，卷 22，頁 1932。

縱橫。

　　儘管遠望、喝酒、痛哭等方法，可以暫時忘卻思鄉之痛，但是他知道其實解除鄉愁的最根本之道，是應該立刻整裝上路，返回故鄉：

　　　　道路時通塞，江山日寂寥。偷生惟一老，伐叛已三朝。

　　　　雨急青楓暮，雲深黑水遙。夢魂歸未得，不用楚辭招。

　　　　（〈歸夢〉）──（卷 19，頁 954）

　　　　十日北風風未迴，客行歲晚尤相催。

　　　　白頭厭伴漁人宿，黃帽青鞋歸去來。

　　　　（〈發劉郎浦〉）──（卷 19，頁 949）

前詩直接以歸夢作為詩題，強調雖然北方戰亂不斷，道路時通時塞，但是自己還是一心一意想歸鄉，如果不能如願以償，那麼「不用楚辭招」，即使用楚辭招魂，也無法讓自己的夢魂安定下來。後詩則更直接地表達已厭倦浪遊江湖的心，他告訴自己，還是趕快回去吧！

　　然而，即使在感性上，詩人念鄉情切而急欲歸去，但是在理性上，他則小心翼翼地判斷國家局勢，和北歸與南征之間的得失，甚至權衡東逝隱居的可行性，當然，在每次面臨抉擇的關鍵時刻，他最後都矛盾痛苦地捨感性而就理性，遷就現實面的需求而繼續南征，只可惜亂世的不定性，總是讓他錯判情勢，而陷入一次比一次更糟糕的困境中。現在我們再來分析他當時每次作南征選擇時的心情。

二、一路圖南找生計

　　杜甫在此時期的三年中，總計面臨重要方向抉擇共有三次，第一次是他的船將出江陵南浦時，第二次是他在公安送李晉肅時，第三次是他在岳州別董頲時，而這三次抉擇，最後當然都是以南征作為結果。至於他在決定南征之同時，他南征的心情又是如何呢？且看以下一首：

　　　　舟楫眇然自此去，江湖遠適無前期。

　　　　出門轉眄已陳跡，藥餌扶吾隨所之。

　　　　（〈曉發公安〉）──（卷 19，頁 948）

此首是拗體律詩，此處所舉為頸聯和尾聯部分。雖然他居公安時，曾

經在送李晉肅往蜀地時，為了自己究竟是要東逝或是南征而茫然過，然而現實面的考慮，讓他還是選擇南征。只不過南征當天，一大早約整好船隻，準備發船離開公安時，他的船卻只有方向而沒有明確目的地，「江湖遠適無前期」一句，正說明了當時的他，心中實有極為深沉的痛苦：

> 圖南未可料，變化有鵾鵬。（〈泊岳陽城下〉）──（卷 19，頁 951）
>
> 敢違漁父問，從此更南征。
>
> （〈陪裴使君登岳陽樓〉）──（卷 19，頁 953）

來到岳州的他，泊船在岳陽城下，先前發公安時的茫然沮喪，此時似乎一夕之間都突然消失無蹤，現在，為了不讓自己「才難盡」，他決定還是繼續南征，因為他夢想自己只要南行，終有一天，一定可以成就如鯤鵬展翅高翔的美夢。另外，雖然他在送董頲往鄧州時，也極度想要東適，不過最後他還是選擇繼續往南行，因為「敢違漁父問」，「敢違」兩個字，卻也透露了他當時對命運的低頭認輸。因此從此之後，他即不再抱東逝希望，只一路忍受著孤獨，並且思念著故鄉，而往南方不斷地走著：

> 萬象皆春氣，孤槎自客星。隨波無限月，的的近南溟。
>
> （〈宿白沙驛〉）──（卷 19，頁 956）

這首作於往潭州途中的詩，其中「孤槎自客星」、「的的近南溟」後來果真成了往後他直到去世之前的處境寫照。

肆、驅馳鶩求，卻自傷厚顏斲志節

閱讀杜甫此時期的酬贈詩，只要稍加注意，便可發現他的酬贈詩之內容，有很多是為交際應酬而作的，而交際應酬的原因，有很多則是有求於對方，希望得到資助。對於這些內容，筆者將在第五章中會有詳細分析，此姑從略。

在本章第一節第二單元中，我們已深刻了解到，詩人當時為了求取基本活命之需，付出了比別人更多的努力和代價，可是回饋終究有

限，飢寒還是依舊，因此他不免要感嘆亂世人情的澆薄：

> 棲託難安臥，飢寒迫向隅。寂寥相呴沫，浩蕩報恩珠。
>
> （〈舟中出江陵南浦，奉寄鄭少尹審〉）──（卷19，頁939）

> 苦搖求食尾，常曝報恩腮。結舌防讒柄，探腸有禍胎。
>
> 蒼茫步兵哭，展轉仲宣哀。飢藉家家米，愁徵處處杯。
>
> （〈秋日荊南述懷三十韻〉）──（卷19，頁928～929）

以上兩段都是詩人離開江陵之後，回憶在江陵之遭遇，其內心慨嘆有感而發之作。他卑躬屈膝到處求食，卻乏人發揮愛心，相反地，他對於周遭人物，則必須小心應對，因為一旦推心置腹，反而會變成被陷害的把柄。

　　不過，感嘆歸感嘆，防範歸防範，他為了一家人的生計，即使百般不情願，也還是得暫時拋棄志節，厚著臉皮，去巴結逢迎自己不願意接近的人：

> 羸骸將何適？履險顏益厚。庶與達者論，吞聲混瑕垢。
>
> （〈上水遣懷〉）──（卷19，頁958）

仇兆鰲注引梁權道云：「是大曆四年自岳入潭時作。」有了在江陵、公安和岳州時的飢餓經驗，杜甫也曾經嘗試調整自己心態，不再只感嘆亂世人情的澆薄，而是放下身段，將自己融入塵俗之中，「庶與達者論，吞聲混瑕垢」，這是他所曾經想到的，欲藉以求取生存機會的方法。

　　然而畢竟是與秉性不符，杜甫最後終究無法讓自己違反本性行事，我們且來看看他當時的感傷與矛盾：

> 側聞夜來寇，幸喜囊中淨。艱危作遠客，干請傷直性。
>
> 薇蕨餓首陽，粟馬資歷聘。賤子欲適從，疑誤此二柄。
>
> （〈早發〉）──（卷19，頁964）

此詩作於泝湘水往潭州途中，詩人感傷自己為了衣食，不能學伯夷、叔齊抗節高隱，反而必須像蘇秦、張儀一樣屈己逢迎。在進退兩難之間，詩人他懷疑自己已陷入名利的泥淖中不能自拔：

> 潛魚不銜鉤，走鹿無反顧。敫敫幽曠心，拳拳異平素。
>
> 衣食相拘閡，朋知限流寓。（〈詠懷二首之二〉）──（卷19，頁

973）

仇兆鰲說：「此當是大曆四年春自潭州上衡州時作」〔註40〕杜甫在潭
州被一再拒絕，拘於衣食，他只好再驅舟往衡州，將幽曠心擺一邊，
捨棄平素所抱持的志節，而委屈求食於人。

由以上分析，我們可以感受得出此時期的他，心理是矛盾衝突
的。他素敦志節，但迫於生活壓力而隨波逐流；希望抗節高隱，爲了
果腹，必須積極投入送往勞來的酬酢活動中無法自拔。而這種充滿矛
盾與衝突的心理狀態，則正是讓他此時期詩歌，與其他時期不同的最
大原因。

〔註40〕同註6，卷22，頁1980。

第五章　人際關係與社會關懷

第一節　在人際關係方面

　　杜甫在此時期，雖然是漂泊異地，但是他仍然和以往一樣，與親朋好友們有很頻繁的互動關係，形諸於詩歌中，使他此時期的詩歌，在全部的 154 首中，酬贈送別詩便佔了 76 首，換句話說，他在此時期中，有一半的詩歌是為了與他人互動，建立人際關係而作的。

　　深究當時與詩人作酬酢往來的這些對象，大致可分為親戚、舊交、一般友人、當地官吏、仕紳、幕府官僚等六類。譬如唐十八使君、杜位、王砅、二十三舅崔偉、盧十四弟侍御等人，便是詩人的親戚；李之芳、顧文學等人，便是詩人數十年的舊交；韋匡贊、覃二判官、董頲、李勉、韋迢等人，便是詩人的一般友人；江陵宋大少府、江陵節度陽城郡王衛伯玉、公安顏少府、耒陽聶令等人，便是當地的官吏；王使君、大易沙門等人，便是當地的仕紳；而江陵幕府諸公、臺省諸公、湖南幕府等，便是幕府官僚。

　　而這六類之中，又以一般友人的人數最多，他們和杜甫同為流落異鄉的異客，相遇於荊湘間，儘管可能只是數面之緣，但是相對於自己的束手無策、坐困江湖間，他們的來去匆匆、有幸轉徙於各地任官，每每因此而勾引起杜甫的無限感傷，而形成他酬贈送別詩的一種特殊

情感特色。另外，在這六類之中，我們也不禁發現一個異常情形，即他竟然沒有任何一首詩歌是與自己同胞弟妹酬答的，甚至包括當時力邀他出峽，到江陵團圓的杜觀在內，而這其中原因，詩人也絕口未在此時期的詩歌中提及。

　　以上是杜甫當時所相與互動往來的對象，至於他與這些人之間，其互動往來的情況又是如何？現在我們由這類詩歌中，可以歸納出四種內容，即宴飲從遊、寄贈抒懷、送行道別、請求資助。

壹、宴飲從遊

　　唐代士人沿襲魏晉南北朝士人優雅閒適的生活習性，而愛好從事宴飲賞遊活動，當時這是一種社交方式，他們在宴飲賞遊之間，群聚喝酒賦詩，交流情感。杜甫雖然在此時期始終未擔任過一官半職，但是他的高尚家世和詩人身分，使他每到一個地方，很快地便能受到當地士人的接納，而與他們一起從事宴飲賞遊之活動，因此而有多首此類詩歌，譬如〈春夜峽州田侍御長史津亭留宴得筵字〉、〈書堂飲既夜，復邀李尚書下馬月下，賦絕句〉、〈上巳日徐司錄林園宴集〉、〈宴胡侍御書堂〉、〈宴王使君宅題二首〉諸首便是。而〈暮春陪李尚書李中丞過鄭監湖亭泛舟，得過字〉、〈宇文晁崔彧重泛鄭監審前湖〉、〈陪裴使君登岳陽樓〉則是詩人陪伴友人賞遊山水風景所創作的。以上作品全部都是他到潭衡以前所作，詩歌中雖然不免流露漂泊之情，但是尚看得見詩人幾分優雅輕鬆的遊興。

　　現在我們先舉二首宴飲詩，以見詩人當時之情形：

　　　湖月林風相與清，殘樽下馬復同傾。

　　　久拚野鶴如雙鬢，遮莫鄰雞下五更。

　　　（〈書堂飲既夜，復邀李尚書下馬月下，賦絕句〉）——（卷 18，頁
　　　912）

此詩作於初到江陵後不久，生活的艱困尚未刻骨銘心，因此我們見到的杜甫，還保持著純然的士人氣質，他不以老為意，與知己痛飲賦詩，通宵達旦而意猶未盡。但是以下這首詩，其所流露出來的感情，就沒

有上面這首的單純：

> 汎愛容霜鬢，留歡上夜闌。自吟詩送老，相對酒開顏。
>
> 戎馬今何地？鄉園獨在山。江湖墮清月，酩酊任扶還。
>
> （〈宴王使君宅題二首〉）──（卷19，頁945）

此詩作於公安，居江陵其間的求助無門、衣食無著，已讓詩人深刻感受到人間冷暖的滋味，因此在此詩中，他感謝王使君不嫌棄地加以留宴，而酒入愁腸，雖然暫時開顏展懷，但是值此戎馬之際，鄉關在山，己身獨遠，此時的酒再也不是快樂的來源，而是麻醉自己的良劑，千杯不辭，酩酊任人扶還，為的只不過是想忘記鄉愁罷了。

至於陪友賞玩的雅興，我們也可以由當時他居江陵時的兩首，和居岳陽時的一首詩歌中，很明顯地感受出來：

> 海內文章伯，湖邊意緒多。玉樽移晚興，桂楫帶酣歌。
>
> 春日繁魚鳥，江天足芰荷。鄭莊賓客地，衰白遠來過。
>
> （〈暮春陪李尚書李中丞過鄭監湖亭汎舟，得過字〉）──（卷18，
>
> 頁914）

> 郊扉俗遠長幽寂。野水春來更接連。
>
> 錦席淹留還出浦，葛巾欹側未迴船。
>
> 樽當霞綺輕初散，棹拂荷珠碎卻圓。
>
> 不但習池歸酩酊，君看鄭谷去夤緣。
>
> （〈宇文晁崔彧重汎鄭監審前湖〉）──（卷18，頁914～915）

以上兩首詩，都是作於初到江陵後不久，前後時間相隔很近，因此它們和居江陵時的宴飲詩一樣，此二詩也充滿了文人冶遊的優雅情趣。不過，隨著時間、地點與事件的轉換，詩人陪朋友賞玩的心情，開始大大地改變：

> 湖闊兼雲霧，樓孤屬晚晴。禮加徐孺子，詩接謝宣城。
>
> 雪岸叢梅發。春泥百草生。敢違漁父問，從此更南征。
>
> （〈陪裴使君登岳陽樓〉）──（卷19，頁953）

此詩作於停留岳州期間，當時他已決定不往東逝再回北方，而是繼續向南方行船到潭州，因此此時的詩人，心中不免一則充滿鄉關之情，一則對未知的未來，充滿忐忑不安的情緒，以故詩中雖然也是有景有

物，但是所透顯出來的，卻是不喜反悲的氛圍。

貳、寄贈抒懷

　　朋友相聚，能夠群集宴飲賞遊，互訴情懷，當然是人生樂事，然而此種樂事，並非時時得以如願行之。故當心中有滿腹衷曲，而須抒發方得解時，當然也只有訴諸筆墨，形於文字，並進而與友人互相酬答寄贈，才能消除心中之塊壘了。杜甫浪跡荊湘間，離家千里，孤子困窘，歸期難卜，心中抑鬱之情實可想而知。也因此，在他此時期的酬贈詩中，即有將近二十首寄贈抒懷的詩歌。譬如〈舟中出江陵南浦，奉寄鄭少尹審〉、〈醉歌行贈公安顏少府，請顧八題壁〉、〈江閣臥病，走筆寄呈崔盧兩侍御〉、〈奉贈李八丈曛判官〉、〈贈韋七贊善〉、〈酬寇十侍御錫見寄四韻復寄寇〉、〈舟中苦熱遣懷，奉呈陽中丞，通簡臺省諸公〉、〈題衡山縣文宣王廟新學堂呈陸宰〉、〈風疾舟中，伏枕書懷三十六韻，奉呈湖南親友〉等便是。這類作品只有四首作於潭衡以前，換句話說，詩人寄贈抒懷的詩歌，幾乎都是作於到潭衡之後，這點明顯透露出一個訊息，即詩人在入潭衡之後，生活愈窘，精神愈苦悶，也愈需要藉由經常與朋友們寄贈往來，才能稍解心中鬱悶。茲列舉其中兩首以見之：

> 更欲投何處，飄然去此都。……南征問懸榻，東逝想乘桴。
> 濫竊商歌聽，時憂下泣誅。經過憶鄭驛，斟酌旅情孤。
>
> （〈舟中出江陵南浦，奉寄鄭少尹審〉）──（卷 19，頁 938～939）

這首詩作於臨去江陵之前，幾個月的江陵煎熬，讓詩人決定離開，可以想像，當時的他一定是情緒低落，茫然無所適從，因此他提筆作詩，奉寄曾經與他過從甚密的鄭尹以暢其心。而下面這首詩也是如此：

> 聖賢名古邈，羈旅病年侵。舟泊常依震，湖平早見參。
> ……興盡纏無悶，愁來遽不禁。生涯相汩沒，時物正蕭森。
> 疑惑樽中弩，淹留冠上簪。……書信中原闊，干戈北斗深。
> 畏人千里井，問俗九州箴。戰血流依舊，軍聲動至今。
> 葛洪尸定解，許靖力還任。家事丹砂訣，無成涕作霖。

（〈風疾舟中，伏枕書懷三十六韻，奉呈湖南親友〉）──（卷 20，
頁 1030～1033）

仇兆鰲說此詩當作於大曆五年冬天，果爾，那麼此時杜甫當正在迴船
北歸途中。我們由他在詩中，一面回憶過去多年來留滯異地，久不能
歸去之苦，一面陳述對北方戰爭仍熾的憂心，可以想像，當時的他一
定是在內心矛盾掙扎不堪下，為抒發內心苦悶之情，才提筆作詩奉呈
湖南親友的。

參、送行道別

　　這一類詩歌比我們前面所提過的寄贈抒懷更多，它是此時期酬贈
詩中數量最多的，我們由他與朋友的送往勞來詩歌中，可以很深切感
受到這群來自全國各地，尤其是北方的官吏士人們，[註1] 他們在戰
亂中，那種惴惴不安，席不暇煖，既悲壯又無奈的凝肅氣氛。詩人與
他們既然互動頻繁，當然所創作出來的詩歌，其數量上也就相對的可
觀了。譬如〈惜別行送向卿進奉端午御衣之上都〉、〈送顧八分文學適
洪吉州〉、〈公安送韋二少府匡贊〉、〈公安送李二十九弟晉肅入蜀，余
下沔鄂〉、〈潭州送韋員外迢牧韶州〉、〈惜別行送劉僕射判官〉、〈夏夜
李尚書筵，送宇文石首赴縣聯句〉、〈湘江宴餞裴二端公赴道州〉等。
而〈留別公安大易沙門〉、〈暮秋將歸秦留別湖南幕府親友〉二首，則
是詩人將往他處時，向當地友人道別時所作。
　　現在我們先來了解杜甫送行友人時，其所表現出來的感情特色：

　　　肅宗昔在靈武城，指揮猛將收咸京。
　　　向公泣血灑行殿，佐佑卿相乾坤平。
　　　逆胡冥寞隨煙燼，卿家兄弟功名震。
　　　麒麟圖畫鴻雁行，紫極出入黃金印。
　　　尚書勳業超千古，雄鎮荊州繼吾祖。

〔註1〕見《舊唐書・地理二》卷39，云：「至德後，中原多故，襄、鄧百姓，
　　　兩京衣冠，盡投江、湘，故荊南井邑，十倍其初，乃置荊南節度使。」
　　　台北：鼎文書局，頁1552。

> 裁縫雲霧成御衣，拜跪題封賀端午。
>
> 向卿將命寸心赤，青山落日江湖白。
>
> 卿到朝廷說老翁，漂零已是滄浪客。
>
> （〈惜別行送向卿進奉端午御衣之上都〉）──（卷 19，頁 919）

仇兆鰲說此詩作於大曆三年（西元 768 年）杜甫在荊南時。向卿昔爲
肅宗朝廷功臣，極受尊寵，如今他又奉命要送端午御衣入京，爲今上
賀節。詩人爲他送行，見向卿得以有機會回京，一則爲他高興，二則
卻爲自己的只能漂零江湖空老去，而忍不住悲傷不已。而下面這首送
別詩，也表現出了類似的感情：

> ……我甘多病老，子負憂世志。胡爲因衣食，顏色少稱遂。
>
> 遠作辛苦行，順從眾多意。……子干東諸侯，勸勉無縱恣。
>
> 邦以民爲本，魚饑費香餌。請哀瘝痍深，告訴皇華使。
>
> ……贈子猛虎行，出郊載酸鼻。
>
> （〈送顧八分文學適洪吉州〉）──（卷 19，頁 942）

杜甫居公安期間，與相交二十多年的顧文學異鄉不期而遇，二人回憶
過往，自然不免惆悵唏噓一場，而現在顧文學又要匆匆離去東干諸
侯。詩人居於朋友立場，一方面固然爲顧文學高興，而勉其善盡規箴
勸戒之責，但另一方面，則不免爲顧文學的旅途安全掛慮，又爲自己
的只能爲衣食奔逐感傷不已。

　　送別友人讓詩人每每情不自禁淚濕衣襟，而當他自己不得不離開
親朋好友而遷移他處時，他也總是黯然神傷，不能自己：

> 水闊蒼梧野，天高白帝秋。途窮那免哭，身老不禁愁。
>
> 大府才能會，諸公德業優。北歸衝雨雪，誰憫敝貂裘。
>
> （〈暮秋將歸秦，留別湖南幕府親友〉）──（卷 20，頁 1029）

此詩作於大曆五年（西元 770 年）暮秋，已經絕望到極點的他，向湖
南的幕府親友道別，此時他的心情很複雜，不知是該抱怨還是報答，
幕府中人才薈萃，功業顯耀，而自己雖然也不是浮泛之輩，卻像被丟
棄的物品一樣，無人願意顧惜，或伸出援手，「途窮那免哭」之句，
正反映了他當時的離別心情。

肆、請求資助

　　杜甫抱怨自己貧窮的詩，在長安時期就已經出現，但是自從離
夔出峽之後，他不但一直未得到任何官職，而更糟糕的是，他雖然
與親朋好友們互動頻繁，然而誠如我們前面所分析的，他們大部分
也都和杜甫一樣，都是肅宗以後，爲躲避北方兵亂而南下的客居者，
或無恆產，或無固定薪俸，或放浪心志不復在乎人事，或到處轉徙
於各地幕府之間，因此他們對杜甫的幫助都極爲有限。爲此，他在
此一時期的酬贈詩中，有幾首很特殊的，向當地官吏及幕府請求資
助的詩，譬如〈行次古城店汎江作，不揆鄙拙，奉呈江陵幕府諸公〉、
〈水宿遣興奉呈群公〉、〈官亭夕坐，戲簡顏十少府〉、〈奉贈蕭十二
使君〉等便是。

　　這些詩歌的內容，筆者已在第四章第一節中有詳細分析，此處不
再贅述。不過總觀這類詩歌，我們會發現，詩人儘管飢腸轆轆，極須
他人支援，但是他卻始終沒有放棄自己的生命，反而還把對生命的尊
重之情，轉移到對社會國家，尤其是對老百姓的關懷上，不斷爲他們
代言申訴，期願天下早日太平，以使百姓恢復男耕女織，安和樂利的
生活。因此，筆者以爲從這個角度去看杜甫的這類詩歌，更能眞正了
解他當時的心境與懷抱。

第二節　在社會關懷方面

　　自安史之亂以後，唐國勢一夕之間崩頹，而且由於這個亂事，更
引發出此後的一連串國內外錯綜複雜的大小戰爭，這不但讓朝廷疲以
奔命，人民也因此受盡牽累。杜甫生當此時，四十五歲以後的十幾年
間，他的生活秩序完全被打亂，離鄉背井不說，還飽受窮愁老病的痛
苦折磨，這些經驗讓他身心受盡煎熬，也因此更激發出他悲天憫人的
同情心，而對國家社會充滿了憂傷與關懷。現在就讓我們來了解一
下，他在這方面詩歌的內容。

壹、對舊朝亂事的指陳

安史之亂雖然距離杜甫此時期，至少已有十三年之久，但它畢竟是他自出生以來最嚴重，也是改變他下半生命運最大的一次戰亂，因此記憶深刻，並且日後不時憶起，譬如以下二首詩，便都是詩人回憶十三年前安史之亂時的往事：

> 往者胡星孛，恭惟漢網疏。風塵相澒洞，天地一邱墟。
> 殿瓦鴛鴦坼，宮簾翡翠虛。鉤陳摧徼道，槍纍失儲胥。
> 文物陪巡狩，親賢病拮据。（〈秋日荊南送石首薛明府辭滿告別，
> 奉寄薛尚書頌德敘懷斐然之作三十韻〉）──（卷19，頁931）

詩中他歷敘安史之亂發生時的情形，並微言暗責一切都是因為玄宗放縱安祿山，才會造成後來不可收拾之局面。而事發之後，朝廷竟像一座朽爛的寶塔，一瞬間瓦解，宮殿的屋瓦都坼散了，宮內妃嬪都逃走了，巡徼的侍衛也都散去了，無人守禦，庫藏空虛，衣冠扈從都隨著玄肅二帝出奔，唐家宗室陷入沉重的憂勞當中無法自救。又以下這首詩，也是歷敘安史之亂發生時的狀況，不過，詩人把重點放在地方老百姓身上：

> 嗟予竟轗軻，將老逢艱危。胡雛逼神器，逆節同所歸。
> 河洛化為血，公侯草間啼。西京復陷沒，翠蓋蒙塵飛。
> 萬姓悲赤子，兩宮棄紫微。倏忽向二紀，奸雄多是非。
>
> （〈詠懷二首之一〉）──（卷19，頁972）

此詩用另外一個角度敘說此次亂事。安祿山與附和他的逆賊們，攻破河洛與西京，大肆屠殺，使得兩京死屍遍野、血流滿地，百姓們像小孩子般地放聲啼哭，而玄肅二帝則匆忙出奔。

貳、對當時局勢的關切

杜甫不但對舊朝亂事記憶深刻，對所處當時的局勢也充滿關心，而且一再陳述心中感懷。在此我們仍分為在中央朝廷、在藩鎮、在外患三方面，以分析詩人對這些事件的看法以及想法：

一、在朝廷方面

　　一如筆者前述的當時朝廷狀況，詩人以一介平民的立場，旁觀代宗各種政策的失誤，不禁有苛責之意：

> 休爲貧士歎，任受眾人咍。得喪初難識，榮枯劃易該。
> 差池分組冕，合沓起薑萊。不必伊周地，皆登屈宋才。
> 漢庭和異域，晉史坼中台。霸業尋常體，宗臣忌諱災。
> （〈秋日荊南述懷三十韻〉）──（卷 19，頁 929）

詩人先慨歎自己因爲受到時代環境影響，而淪爲到處被人嘲笑的貧士。其次，他提出二項朝政的錯誤：第一是朝廷居要津的重臣都是武夫，而且縱容類似元載一類的臣子賄賂公行，濫進官資，宿德元勳則多擯棄不用。第二是代宗和回紇之間的和親政策，詩人批評這是漢道雜霸，非國體之正，至於提到肅宗、房琯之事，詩人無非是要強調代宗與回紇和親的不當。

　　而下面的這首詩，詩人從另外的事件，談他對代宗的看法：

> 本朝再樹立，未及貞觀時。日給在軍儲，上官督有司。
> 高賢迫形勢，豈暇相扶持。（〈詠懷二首之一〉）──（卷 19，頁
> 972）

這裡仍然是他對代宗的微詞，雖然代宗努力平定吐蕃的進犯，但是只治標不治本的做法，只徒然弄得民窮財盡，國庫空虛，也因此造成大家彼此之間的寡恩義。當然，杜甫所以會有這樣的感嘆，是因爲自己也是受害者之一。

　　至於以下這首詩，他的討論面又更廣，然而歸咎代宗的口氣仍然不變，而且還溯及肅宗和玄宗的失誤：

> 兵革自久遠，興衰看帝王。漢儀甚照耀，胡馬何猖狂。
> 老將一失律，清邊生戰場。君臣忍瑕垢，河岳空金湯。
> 重鎮如割據，輕權絕紀綱。軍州體不一，寬猛性所將。
> （〈入衡州〉）──（卷 20，頁 1020）

在這裡，他話說從頭，從天寶末年的安史之亂開始論起，認爲一個朝代的興衰之運，除了歸諸天命之外，也要看這個帝王的統御之術如

何。因此，詩人說假設唐法很嚴謹，安史又怎麼可能那樣囂張，而造成潼關一失守，天下立刻四方俱擾，而且悍將叛逆無常，各自為政，不奉朝命的亂象。

二、在藩鎮方面

杜甫對當時地方藩鎮的下犯上，濫殺長官之行為，似乎充滿憂慮，而且頗有戒心：

> 我甘多病老，子負憂世志。胡為困衣食，顏色少稱遂。
> 遠作辛苦行，順從眾多意。舟楫無根蒂，蛟鼉好為祟。
> 況兼水賊繁，特戒風飆駛。崩騰戎馬際，往往殺長吏。
> （〈送顧八分文學適洪吉州〉）——（卷19，頁942）

仇兆鰲注引朱鶴齡云：「當是大曆三年秋公安作」〔註2〕在此詩中，詩人一如往常，不免對好友傾吐自己的窮愁老病，不能有所作為；而當他以朋友立場，用祝福的心，欲送走顧八分時，則也忍不住要提醒顧八分，此去干東諸侯，雖然可以有機會舒展抱負，但仍然必須處處小心，因為在藩鎮中，不斷發生如商州兵馬使劉洽殺刺史殷仲卿，幽州兵馬使朱希彩殺李懷仙等事件。由詩中之言，剛好也讓我們印證了史書中所載，當時藩鎮嚴重爭鬥的情況。而以下這一段詩句，詩人也同樣是用來敘說當時地方藩鎮之囂張行徑的：

> 嗟彼苦節士，素於圓鑿方。寡妻從為郡，兀者安堵牆。
> 凋弊惜邦本，哀矜存事常。旌麾非其任，府庫實過防。
> 恕己獨在此，多憂增內傷。偏裨限酒肉，卒伍單衣裳。
> 元惡迷是似，聚謀洩康莊。竟流帳下血，大降湖南殃。
> 烈火發中夜，高煙燋上蒼。至今分粟帛，殺氣吹沅湘。
> 福善理顛倒，明徵天茫茫。（〈入衡州〉）——（卷20，頁1020
> ～1021）

前頁上一段詩與此段詩出自同一首，上一段詩人把重點放在對天寶以後，玄、肅、代三位國君法令與統御能力的質疑，而這一段他則針對

〔註2〕見仇兆鰲：《杜詩詳注》卷22，頁1924。

臧玠殺崔瓘這件事，〔註3〕敘說了崔瓘被臧玠所殺的原因，以一則評論崔瓘瑕瑜互見的領導缺失，二則諷刺藩鎮中所存在的諸多問題。由詩中所述，再核以《舊唐書》〔註4〕對崔瓘的記載，我們可以知道，詩人識人評事之能力，實在不遜色於史學家。甚至其記事之精詳，還有補史闕之功能。原來史書上所謂的崔瓘「政在簡肅，恭守禮法。」實際上其詳情是崔瓘雖然不耽女色，能愛民，使殘疾者得其所，但他不能恤軍，吝於賜予，還限制偏裨酒肉，兵士衣裳任其單薄，因此才讓臧玠得以藉此名義起來叛變作亂。

　　這場叛亂事件非常嚴重，使得潭州頓時之間成了一片廢墟，而驚險的逃亡過程，則使詩人極度痛恨臧玠這一干逆賊，而恨不得把他們這些人盡行坑殺而後快：

> 麾下殺元戎，湖邊有飛旐。孤舟增鬱鬱，僻路殊悄悄。……
> 人非西喻蜀，興在北坑趙。方行郴岸靜，未話長沙擾。
> 崔師乞已至，澧卒用矜少。問罪消息眞，開顏憩亭沼。
>
> （〈轟耒陽以僕阻水，書致酒肉，療飢荒江，詩得代懷，興盡本韻，至縣呈轟令。陸路去方田驛四十里，舟行一日，時屬江漲，泊於方田〉）
>
> ──（卷20，頁1028～1029）

此段詩裡所述之崔瓘、臧玠事，不是事發當時的情形，因爲此時的詩人，人已經在衡州，而且正在溯郴江，欲往郴州依舅氏崔偉的半途中。但是我們由詩人「人非西喻蜀，興在北坑趙。」一句中，則可以看出他對臧玠之痛恨；又由詩句「崔師乞已至，澧卒用矜少。」一句，也可以看出他對楊子琳雖然表面上自澧州抵達長沙，實際上卻接受臧玠賄賂，不發兵討伐臧玠的魯莽行爲頗感不滿。

　　而以下這段詩句，杜甫則除了敘述自己躲逃臧玠之亂時的驚險，

〔註3〕同註1，「瓘」字做「灌」。

〔註4〕同註1，「瓘以士行聞，蒞職清謹，遷潭州刺史。政在簡肅，恭守禮法，將吏自經時艱，久不奉法，多不便之。五年四月，會月給糧儲，兵馬使臧玠與判官達奚覯忿爭，覯曰：『今幸無事。』玠曰：『有事何逃！』屬色而去。是夜玠遂搆亂犯州城，以殺覯爲名，瓘惶遽走，逢玠兵至，遂遇害。」

以及爲崔瓘的冤死抱屈之外，又更直接地正面責難楊子琳失當的行徑：

> 愧爲湖外客，看此戎馬亂。中夜混黎甿，脫身亦奔竄。
> 平生方寸心，反當帳下難。嗚呼殺賢良，不叱白刃散。
> 吾非丈夫特，沒齒埋冰炭。……驅馳數公子，咸願同伐叛。
> 聲節哀有餘，夫何激衰懦。偏裨表三上，鹵莽同一貫。
> 始謀誰其間，回首增憤惋。(〈舟中苦熱遣懷，奉呈陽中呈，通簡臺省諸公〉)──(卷20，頁1024～1025)

詩中杜甫針對楊子琳起兵討玠，卻取賂而還，又假借偏裨名義三次上表，以請釋玠罪之行爲，作他個人看法的表示，所謂「偏裨表三上，鹵莽同一貫。」詩人認爲，楊子琳這種黨惡沮兵的行爲，和臧玠殺崔瓘之行爲是一樣惡劣的。

三、在外患方面

在外患方面，反映在杜甫詩歌中的，即如吾人前面所說的吐番和回紇，我們先說吐番的問題：

> 逍遙公後世多賢，送爾維舟惜此筵。
> 念我能書數字至，將詩不必萬人傳。
> 時危兵革黃塵裏，日短江湖白髮前。
> 古往今來多涕淚，斷腸分手各風煙。
>
> (〈公安送韋二少府匡贊〉)──(卷19，頁944)

仇兆鰲注引朱鶴齡云：「當是大曆三年秋晚作。是年吐蕃入寇，故詩云兵甲黃塵。」〔註5〕詩人對代宗的外交政策，以及處理外患問題之失當，早已經頗有微詞。而或許是害怕針砭之言，給自己及家人招來禍殃，所以在此詩的詩句中，詩人很特別的，拜託韋少府不要將他的詩篇隨意到處傳閱，因爲他在此首詩中，所傷心落淚的正是大曆三年(西元768年)八月、九月，吐蕃兩次大入寇的事件。

至於下面這首詩也是一樣，詩人用它來表達對吐蕃入寇的慨嘆：

─────────

〔註5〕同註2，卷22，頁1929。

飛鳥散求食，潛魚何獨驚。前王作網罟，設法害生成。

碧藻非不茂，高帆終日征。干戈異揖讓，崩迫關其情。

（〈早行〉）——（卷 19，頁 960～961）

仇兆鰲注引朱鶴齡云：「此大曆四年作。三年九月，吐蕃入寇，白元光破吐蕃於靈武，所謂干戈也。」〔註6〕詩人藉著鳥和魚，來起興畏亂的感慨，諷刺因為唐法疏漏，以致造成今日之危害，而他就是明顯的受害者，為了生存，自己就像是求食的鳥一樣不得安居，而避干戈的惶恐心理，更像是畏懼罹網的魚。面對吐蕃的不斷入寇，詩人的歸鄉希望越來越渺茫，當然也就難怪他會因此而中懷崩迫、觸物關情了。

其次我們來看回紇的問題，即如筆者前面所述的，唐朝與回紇之間，存在著許多矛盾，代宗接受郭子儀建議，聯合回紇以防堵吐蕃，因而對回紇貪求無饜之需索不敢拒絕；又費盡國家財帛，卻買不到可戰之馬。這種愚昧的外交方式，詩人藉由此詩，也表達了他的看法：

閒道南行市駿馬，不限匹數軍中須。

襄陽幕府天下異，主將儉省憂艱虞。

祇收壯健勝鐵甲，豈因格鬥求龍駒。

而今西北自反胡，騄驪蕩盡一匹無。

龍媒真種在帝都，子孫未落東南隅。

向非從事備征伐，君肯辛苦越江湖？

江湖凡馬多顉頜，衣冠往往乘寒驢。

（〈惜別行送劉僕射判官〉）——（卷 20，頁 986～987）

此段詩句雖然是詩人為送別劉判官而作，但是由這裡，我們卻看到了詩人藉由劉判官買馬，點出當時政府施政的兩大缺失：第一，安祿山在作亂之前，為培養戰鬥能力，即曾到襄陽暗中選盡善馬，驅歸范陽，以致如今民間已無良馬品種，而安祿山的這種舉動，玄宗竟然沒有任何警覺性。第二，如今代宗年年花費極大筆財帛向回紇買馬，天下卻仍然陷於無馬可用之困境，還得煩勞地方上之節度使，親自派人到處往民間買馬，才能裝備戰況之所需。那麼代宗攏絡回紇的外交政策，

〔註6〕同註2，卷22，頁1962。

明顯地是錯誤的。詩人在此詩中，雖然不正面批評朝政，但是其指責代宗之意則清楚可見。

參、對人民生活的憐憫

詩人此時期浪跡在江湖之間，身處於平民百姓之中，遭遇到亂世所帶給自己的無限苦難，但是源自於人性光輝面的人溺己溺、人飢己飢同理心，使他本著一向的慈悲情懷，對人民的生活仍然充滿憐憫：

> 歲云暮矣多北風，瀟湘洞庭白雪中。
> 漁夫天寒網罟凍，莫徭射雁鳴桑弓。
> 去年米貴闕軍食，今年米賤大傷農。
> 高馬達官厭酒肉，此輩杼柚茅茨空。
> 楚人重魚不重鳥，汝休枉殺南飛鴻。
> 況聞處處鬻男女，割恩忍愛還租庸。
> 往日用錢捉私鑄，今許鉛鐵和青銅。
> 刻泥爲之最易得，好惡不合長相蒙。
> 萬國城頭盡吹角，此曲哀悲何時終？
>
> （〈歲晏行〉）——（卷19，頁950～951）

此詩作於大曆三年（西元768年）冬天，當時杜甫在岳州。在此詩中，他道出了戰亂連年的情況下，岳州當地各種悲慘現象的片段：第一、物價嚴重波動，所謂「去年米貴闕軍食，今年米賤大傷農。」第二、貧富差距懸殊，所謂「高馬達官厭酒肉，此輩杼柚茅茨空。」第三、徭役稅賦傷民，所謂「況聞處處鬻男女，割恩忍愛還租庸。」第四、幣制混亂，所謂「往日用錢捉私鑄，今許鉛鐵和青銅。刻泥爲之最易得，好惡不合長相蒙。」在這裡，詩人將這些現象之原因，全部歸咎在兵亂上。

而這些現象，隨著一路往南行，他看到了更多比以前更悲慘的事實：

> 石間采蕨女，鬻市輸官曹。丈夫死百役，暮返空村號。
> 聞見事略同，刻剝及錐刀。貴人豈不仁，視汝如莠蒿。
> 索錢多門戶，喪亂紛嗷嗷。奈何點吏徒，漁奪成逋逃。
> 自喜遂生理，花時甘縕袍。（〈遣遇〉）——（卷19，頁959）

此詩仇兆鰲注引朱鶴齡云：「當是大曆四年春自岳之潭時作」〔註7〕
詩人在一路南行中，聽說這裡的官吏極度剝削百姓，及至見之，詩人
才知道其所聽聞的，都和事實相符合。而當時他又看到了其他四個可
憐可悲的景況：第一、民不聊生，所謂「石間采蕨女，鬻市輸官曹。」
第二、家破人亡，所謂「丈夫死百役，暮返空村號。」第三、地方官
吏多方強索民財，所謂「索錢多門戶，喪亂紛嗷嗷。」第四、人民逃
亡避禍，所謂「奈何黠吏徒，漁奪成逋逃。」看到了這些景象，杜甫
一時之間，反而慶幸自己不是當地居民，因而不必接受這些剝削之苦。

　　以上我們所看到的八種當時社會景況，很顯然的，並不是某個小
地區之特殊現象而已，而是一個大環境下的普遍存在，因為詩人繼續
南行的路途中，他又陸陸續續記錄了以下的事實：

> 繫舟盤藤輪，杖策古樵路。罷人不在村，野圃泉自注。柴
> 扉雖蕪沒，農器尚牢固。山東殘逆氣，吳楚守王度。誰能
> 扣君門，下令減徵賦。(〈宿花石戍〉)——(卷20，頁963)

這首詩也是作於往潭州的半途中，我們看到這裡的人民，雖然沒有北
方吐蕃的侵擾蹂躪，但是為了躲逃過重的賦稅，人民紛紛棄家逃亡，
只留下空蕩蕩的一座荒村。

　　又代宗大曆四年（西元769年），朝廷為了增加稅收，派遣御史
在南方商業貿易較頻繁的地區增收商錢，這使得原本就已經負荷過重
的百姓更是雪上加霜：

> 客從南溟來，遺我泉客珠。珠中有隱字，欲辨不成書。
> 緘之篋笥久，以俟公家須。開視化為血，哀今徵斂無。
> (〈客從〉)——(卷20，頁1003～1004)

此首很明顯的是一首寓言詩，以「血珠」為喻，為人民代言，欲控訴
國家徵斂的過度。

　　前面幾首詩，詩人以消極諷刺的方式揭發時代弊端，表達自己對
人民的憐憫之情，而以下這首詩，杜甫則也很特別的，以另外一種方

―――――――――――――――――――
〔註7〕同註2，卷22，頁1959。

式來表達對人民生活的關懷，他爲他們打造一個美麗願景，期待它能早日如願實現：

> 天下郡國向萬城，無有一城無甲兵。
> 焉得鑄甲作農器，一寸荒田牛得耕。
> 牛盡耕，蠶亦成；不勞烈士淚滂沱，
> 男穀女絲行復歌。(〈蠶穀行〉) ──(卷20，頁1004)

在此處，杜甫希望戰爭快點結束，將殺人用的干戈武器重新鑄成農具，每一寸田地都有牛耕種，每一隻蠶兒都有人照料，男耕女織，讓處處又重新充滿歌聲。這是詩人的願望，當然也會是全民的願望。

第六章　詩歌結構特色

第一節　詩歌體製的擴大加長

　　杜甫的詩歌，在入夔州之後，不論是在結構方面，或是在修辭方面，都和以前作風有某些程度上的差異，此章筆者先就其結構方面作討論。

　　就入夔州之後的詩歌結構來說，其所表現出與以前有某些程度上差異的，最主要有三個部分，即詩歌體製的擴大加長，拗救體的靈活操作，以及詩韻與韻腳字的慣性使用。現在，筆者先分析其詩歌體製的擴大加長問題。

　　為方便作這個問題之分析，筆者試以楊倫《杜詩鏡銓》一書作底本，依其卷數分法，製作成以下三個統計表，並借此三個表格，以顯示詩人一生寫作每一首「五言長詩」、「七言長詩」以及「雜言詩」等的大概年代，相信透過此三個統計表之所顯示，我們一定可以找到詩人一生詩歌，在體製結構上之逐漸擴大加長之變化端倪。

言數	句數	卷一	卷二	卷三	卷四	卷五	卷六	卷七	卷八	卷九	卷十	卷十一	卷十二	卷十三	卷十四	卷十五	卷十六	卷十七	卷十八	卷十九	卷二十
卷數＼首數		首	首	首	首	首	首	首	首	首	首	首	首	首	首	首	首	首	首	首	首
五言長詩	十					2															
	十二	3		8	3	3		4		1	7	8	9	3	1	1		1	6	4	8
	十三			1															1	2	
	十四	2		2	3	3		12		4	4	4		2				1	4	2	1
	十六											1									1
	十七																				
	二十	3	5	4	1	2	3	3	4	8	2	4	3	4		2	3	1	1	5	1
	二十二	1						1				1		1						1	1
	二十四	2	3	1	2	5	2	2	2	2		3	1	2		1	2		2	4	

言數	句數 ＼ 卷數	卷一	卷二	卷三	卷四	卷五	卷六	卷七	卷八	卷九	卷十	卷十一	卷十二	卷十三	卷十四	卷十五	卷十六	卷十七	卷十八	卷十九	卷二十
	首數	首	首	首	首	首	首	首	首	首	首	首	首	首	首	首	首	首	首	首	首
五言長詩	二十六																1				1
	二十八	1		3		2		3		1	1	1	2	2	1	1				2	
	三十		1													1	2				2
	三十二			1		3		1		1	1	2	1	1			3	1	1	1	1
	三十四																1				
	三十六				1		1				1	1		2	1		3				2
	三十八																				

言數	句數	卷一 首	卷二 首	卷三 首	卷四 首	卷五 首	卷六 首	卷七 首	卷八 首	卷九 首	卷十 首	卷十一 首	卷十二 首	卷十三 首	卷十四 首	卷十五 首	卷十六 首	卷十七 首	卷十八 首	卷十九 首	卷二十 首
五言長詩	四十		4	4	一		一					一	2	2	一	一			一	2	2
	四十二							一					一	2	一		一				一
	四十四											一	一	一	2	一				一	
	四十六			一	一														一		
	四十八			一											一						一
	五十																		一		
	五十二				一	一									一	一					一

卷數＼首數＼言數	句數	卷一首	卷二首	卷三首	卷四首	卷五首	卷六首	卷七首	卷八首	卷九首	卷十首	卷十一首	卷十二首	卷十三首	卷十四首	卷十五首	卷十六首	卷十七首	卷十八首	卷十九首	卷二十首
五言長詩	五十四																				
	五十六																				
	五十八																				
	六十			3			3					1					2			2	
	六十二																			1	
	六十四														3						
	六十六														1						

杜甫荊湘詩初探

卷數／首數 言數／句數	卷一 首	卷二 首	卷三 首	卷四 首	卷五 首	卷六 首	卷七 首	卷八 首	卷九 首	卷十 首	卷十一 首	卷十二 首	卷十三 首	卷十四 首	卷十五 首	卷十六 首	卷十七 首	卷十八 首	卷十九 首	卷二十 首
五言長詩 六十八														一						
五言長詩 七十																				
五言長詩 七十二																				一
五言長詩 七十四																				
五言長詩 七十六																				一
五言長詩 七十八															一					
五言長詩 八十											一					一				

卷數＼首數句數	言數	卷一首	卷二首	卷三首	卷四首	卷五首	卷六首	卷七首	卷八首	卷九首	卷十首	卷十一首	卷十二首	卷十三首	卷十四首	卷十五首	卷十六首	卷十七首	卷十八首	卷十九首	卷二十首
八十二	五言長詩																				
八十四																				1		
八十六																1						
八十八																						1
九十																						
九十二																						
九十四																						

卷數＼言數：五言長詩　句數	九十六	九十八	一百	一百十二	一百四十	一百	總計
卷一（首）							12
卷二（首）							13
卷三（首）			1				30
卷四（首）						1	14
卷五（首）							20
卷六（首）			1				11
卷七（首）							27
卷八（首）							6
卷九（首）							17
卷十（首）							16
卷十一（首）							29
卷十二（首）							20
卷十三（首）							22
卷十四（首）					1		16
卷十五（首）							10
卷十六（首）						1	20
卷十七（首）							4
卷十八（首）							19
卷十九（首）							27
卷二十（首）							26

卷數＼首數　句數	九	十	十一	十三	十四	十六
言數	七言長詩					
卷　一　首		1（行）	1（歌）	一		1（行）
卷　二　首						1（行）
卷　三　首						
卷　四　首			1			2
卷　五　首						1（行）
卷　六　首						
卷　七　首						2（行）（行）
卷　八　首			1（行）			1（數）
卷　九　首						2（歌）（歌）
卷　十　首			1			1（戲行）
卷十一　首						
卷十二　首			1（行）			2（行）（行）
卷十三　首						
卷十四　首						
卷十五　首						
卷十六　首						
卷十七　首		1				2
卷十八　首						1
卷十九　首			1（行）2（排）	1（行）		1（行）
卷二十　首			1			1

杜甫荊湘詩初探

卷數＼首數		卷一	卷二	卷三	卷四	卷五	卷六	卷七	卷八	卷九	卷十	卷十一	卷十二	卷十三	卷十四	卷十五	卷十六	卷十七	卷十八	卷十九	卷二十
言數	句數＼首數	首	首	首	首	首	首	首	首	首	首	首	首	首	首	首	首	首	首	首	首
七言長詩	十七																		1(行)		
	十八	1				1(歌)		1(行)												1(行)	
	二十		1(歌)	1		2(歌)(行)				1						1			1(行)		
	二十一		1(歌)														1				
	二十二	1(歌)																			
	二十四		3(歌)(行)										1(行)					1	1(行)		1

卷數＼首數	首	二十六	二十七	二十八	三十	三十二	三十四	三十六
	（句數）							
卷一	首			1（歌）				
卷二	首			1（行）				
卷三	首		1（歌）	一				
卷四	首							
卷五	首							
卷六	首							
卷七	首							
卷八	首							
卷九	首							
卷十	首							
卷十一	首						1（歌）	
卷十二	首							
卷十三	首							
卷十四	首							
卷十五	首				1（歌）			
卷十六	首							
卷十七	首							
卷十八	首	1（行）					1（數）	
卷十九	首				1（行）			
卷二十	首				1（行）			

（言數：七言長詩）

卷數＼首數		卷一	卷二	卷三	卷四	卷五	卷六	卷七	卷八	卷九	卷十	卷十一	卷十二	卷十三	卷十四	卷十五	卷十六	卷十七	卷十八	卷十九	卷二十
言數	句數	首	首	首	首	首	首	首	首	首	首	首	首	首	首	首	首	首	首	首	首
七言長詩	三十八																				
	四十											1（引）									
	四十二																				
	四十四																				
	四十六					1															1
	四十八																				
	總計	7	7	3	3	5	0	3	2	3	2	2	4	0	0	2	1	4	6	7	5

句數	卷一	卷二	卷三	卷四	卷五	卷六	卷七	卷八	卷九	卷十	卷十一	卷十二	卷十三	卷十四	卷十五	卷十六	卷十七	卷十八	卷十九	卷二十
首	首	首	首	首	首	首	首	首	首	首	首	首	首	首	首	首	首	首	首	首
九																1				
十																				
十二								2(歌)				1(行)						1(行)		
十五							1(歌)													
十七		1(歌)					1(歌)													
二十										1(引)										
二十二								1(歌)	1(行)											
二十四		1(行)		1(行)																
二十六																				

言數：雜言長詩

言數＼卷數		卷一	卷二	卷三	卷四	卷五	卷六	卷七	卷八	卷九	卷十	卷十一	卷十二	卷十三	卷十四	卷十五	卷十六	卷十七	卷十八	卷十九	卷二十
	句數＼首數	首	首	首	首	首	首	首	首	首	首	首	首	首	首	首	首	首	首	首	首
雜言長詩	二十八		1(歌)						1(行)		1(行)		1(歌)			1(歌)					
	三十二																1(歌)				
	三十四			1(歌)																	
	三十六	1(行)																			
	總計	1	3	1	1	0	0	2	4	1	2	0	1	0	0	1	2	0	1	0	0

說明：1. 以上統計表不列五、七言絕句和五、七言律詩，是因為它們有不可改變的固定格式，對觀察體製的變化沒有意義。

2. 以上三表格的所謂「長詩」，涵蓋有古詩、排律和歌行體在內。

3. 為強調其「長」體製的特色，以上三表格排除九句以下的詩作，也就是說，本三統計表只列出有九句以上的詩歌。

　　現在將以此三統計表作依據，取夔州爲分隔線，分析杜甫在入夔州前後，以及荊湘時期，其五言長詩、七言長詩與雜言詩的體製變化情形。

壹、入夔州前後

　　詩人的生年，自來諸家學者皆以反推方式，由他卒於代宗大曆五年，享年五十九歲這兩個時間點，來計算出他應當是生於睿宗先天元年，這種說法幾乎是已成諸杜甫專家的定論，自不必筆者再多費筆墨，現在我們所要知道的是，杜甫是幾歲開始寫詩的？而現在他所尙存的詩歌，其年代最早者是起於什麼時候？

　　杜甫在其〈壯遊〉一詩中，曾自述說：「七齡思即壯，開口詠鳳皇」（卷 14，頁 696），可知他在七歲時，便開始習作詩歌，當然，這些作品現在都已不復可見，現在我們可以由其詩集中看到的最早詩歌，都是他在玄宗開元二十三年，時年二十四歲，「忤下考功第，獨辭京尹堂。放蕩齊趙間，裘馬頗清狂。」（卷 14，頁 698）以後所作，譬如〈望嶽〉[註1]、〈登兗州城樓〉[註2]、〈題張氏隱居二首〉[註3]等詩，仇兆鰲在《杜詩詳注》一書中，便都註明當是開元二十四、五年以後，遊齊趙時所作，又〈遊龍門奉先寺〉一詩，[註4]仇氏也註明是開元二十四年以後，遊東都時所作。以上這些便是他現存作品中最早的了。

　　因此我們可以說，杜甫眞正進入成熟的詩歌創作階段，應該是由這個時候開始的，而若由這個時候再開始算起，到他入夔州的大曆元年（西元 766 年）春晚時爲止，則這中間又經過了三十年的時間（筆者按：杜甫詩集中，有〈移居夔州作〉（卷 12，頁 591）一詩，他的夔州時期詩歌，一般學者即以此詩作爲分界斷線）。現在我們即將以

〔註 1〕楊倫：《杜詩鏡銓》卷 1，頁 1。
〔註 2〕同上註，卷 1，頁 2。
〔註 3〕同註 1，卷 1，頁 2～4。
〔註 4〕同註 1，卷 1，頁 1。

他這三十年的詩歌體製，與入夔之後到去世為止的五年間之詩歌體製，作一番比較分析。

一、由詩歌的總數來觀察

（一）五言長詩

它的總數量居三種長詩（五言、七言、雜言）之冠，從前面五言長詩的統計表中，我們可以統計出，杜甫在入夔州以前，共有五言長詩二百零八首，入夔州以後到去世為止則有一百五十一首，以三十年來和五年相比，其間只差了五十七首，其開始大量創作五言長詩的事實，是很明顯的。

（二）七言長詩

從前面七言長詩的統計表中，我們也可以統計出，詩人在入夔州之前，共有七言長詩三十八首，入夔州以後到去世為止則有二十八首，以三十年來和五年相比，其間差距只有十首，可見其對七言長詩創作的熱衷，更是比五言長詩更甚。

（三）雜言長詩

而從前面雜言長詩的統計表中，我們一樣可以統計出，他在入夔州之前，共有雜言長詩十九首，入夔州以後到去世為止則只有四首，其不再著力雜言長詩之創作的傾向，也是很明顯而易見。

二、由詩歌句數的分佈來觀察

從以上三個統計表中，我們已經知道了杜甫在入夔州前後，其長詩總數的變化情形，現在我們從此統計表中，又可以進一步看到他在句數變化上的勇於嘗試情況。

（一）五言長詩

詩人的五言長詩，其句數最長的是〈秋日夔府詠懷奉寄鄭監審李賓客之芳一百韻〉（卷 16，頁 800～808），長達二百句之多，它的創作時間便是在居夔州期間。當然，這並不是說他在入夔州之前，就沒有長篇巨著的五言長詩，實際上我們由五言長詩的統計表中，可以看

到在卷 11，〔註 5〕即有一首八十句的長詩；在卷 3〔註 6〕和卷 6，〔註 7〕也各有一首百句的長詩；又在卷 4 的地方，〔註 8〕更有一首百四十句的巨作。不過除了這四首特別長的作品外，他的其他作品則都在六十句（包括六十句）以內。

相較於這種句數的分布狀況，詩人在入夔州之後到去世時為止，其六十句以上（不包括六十句）的五言長詩則有十五首之多，這種現象所反映出來的，當然就是我們所要說的，杜甫五言長詩的體製，在入夔州之後，快速的擴大並加長。

（二）七言長詩

詩人的七言長詩，絕大部分都是以歌行體的方式來表現，其句數最長的是〈洗兵馬〉（卷 5，頁 215～218），共有四十八句之多，它的創作時間，據仇兆鰲注引朱鶴齡之說，認為當在肅宗乾元二年（西元 759 年）仲春時，〔註 9〕當時他四十八歲。和五言長詩同樣的情形，他在入夔州之前，除了這首七言長詩之外，還有卷 11 的三十四句〔註 10〕和四十句〔註 11〕各一首七言長詩，這兩首詩，據仇兆鰲之說，都是作於代宗廣德二年（西元 764 年）居成都時，〔註 12〕當時杜甫五十三歲，距離他入夔州只有兩年；不過，他三十年之間，也只有這三首七言詩的體製特別長，其餘的便都侷限於二十八句（包括二十八句）以內而已。

而相對於三十年的長時間，詩人卻在入夔州之後到去世前的短短

〔註 5〕同註 1，〈贈王二十四侍御契四十韻〉，頁 523～526。

〔註 6〕同註 1，〈自京赴奉先縣詠懷五百字〉，頁 108～112。

〔註 7〕同註 1，〈寄岳州賈司馬六丈、巴州嚴八使君兩閣老五十韻〉，頁 274～279。

〔註 8〕同註 1，〈北征〉，頁 159～164。

〔註 9〕見仇兆鰲：《杜詩詳注・洗兵行》卷 6，仇氏依《杜臆》之說，將「馬」作「行」，頁 514～521。

〔註 10〕同註 1，〈韋諷錄事宅觀曹將軍畫馬圖歌〉，頁 531～533。

〔註 11〕同註 1，〈丹青引贈曹將軍霸〉，頁 529～531。

〔註 12〕同註 9，卷 11，頁 1152 和頁 1147。

五年間,創作了五首二十八句(不包括二十八句)的七言長詩,其積極擴大加長七言長詩體製的嘗試,也是很顯而易見的。

(三)雜言長詩

由前面雜言長詩的統計表中,我們可以清楚看到,詩人雜言長詩的作品數量,遠遠比不過五、七言長詩數量,而且,相反於五言長詩和七言長詩的創作情況,他在入夔州之後,雜言長詩只有四首,其創作數量不但銳減,其體製也不見有擴大加長之現象,可見雜言詩這種詩體,始終都不是詩人習慣使用的。

貳、荊湘時期

杜甫於代宗大曆元年(西元 766 年)三月春晚入到夔州,在大曆三年(西元 768 年)正月離開夔州,居夔州大約兩年,這兩年他總共創作了三百六十一首詩歌;〔註13〕大曆三年三月他抵達了江陵,大曆五年(西元 770 年)冬天他由衡州出發欲回北方,死於北歸途中,舟楫浪遊荊湘的時間大約三年,這三年他總共創作了一百五十四首詩歌。總計杜甫在去世前的這最後五年當中,他總共創作了五百一十五首詩歌,佔他一生現存的一千四百三十九首詩歌中的三分之一強,以入夔州前的三十年,來與入夔州後的五年相比,這五年可以說是杜甫詩歌創作的旺盛期。

當然,現在我們所迫切想要進一步了解的是,詩人荊湘時期的長詩數量和體製,與夔州時期是有很明顯的差異性,或是具有延續性。為深入知道其中的真正狀況,我們仍然必須繼續借助前面的三個統計表。現在我們先由詩歌的總數來討論。

一、由詩歌的總數來觀察

(一)五言長詩

由前面五言長詩的統計表中,我們已經知道杜甫入夔州之後的五

〔註13〕見方瑜:《杜甫夔州詩析論》,台北:幼獅文化事業公司,民國 74 年 5 月出版,頁 1。

言長詩，總共有一百五十一首，現在我們由統計表中，又進一步知道，這其中屬於荊湘時期的有五十八首（筆者按：杜甫詩集中有〈大曆三年春，白帝城放船出瞿唐峽，久居夔府，將適江陵，漂泊有詩，凡四十韻〉一詩（卷 18，頁 903～907），自來一般學者即以此詩作爲他荊湘時期的分界斷限）。顯而易見的，此荊湘時期，詩人五言長詩的數量，遠不及夔州時期的一半，這個現象當然與此時期，他所創作的全部詩歌總數，遠不及夔州時期全部詩歌總數的一半，有其一定關係。

（二）七言長詩

同樣地，由前面七言長詩的統計表中，我們也已經知道，杜甫入夔州之後的七言長詩，其數量總數爲二十八首，現在我們由統計表中，又進一步知道，這其中屬於荊湘時期的有十三首，其數量卻已極接近夔州時期七言長詩的二分之一。這個數量比率，顯然也在透露一個現象，即詩人在此時期，除了延續夔州時期五言長詩之創作數量比率外，他在此時期，對於七言長詩的創作，比在夔州時期更爲積極，更爲密集。

（三）雜言長詩

至於雜言長詩，同樣地，我們知道詩人入夔州之後的雜言長詩有四首，現在我們由雜言長詩的統計表中又可以看到，其中屬於荊湘時期的，只有十句的〈短歌行贈王郎司直〉一首。〔註 14〕（筆者按：荊湘時期的杜甫，總共有三首雜言詩，不過其中卷 20 的〈白鳧行〉和〈朱鳳行〉，都只有八句，故不將其列入。）

二、由詩歌句數的分佈來觀察

（一）五言長詩

我們已經知道，杜甫入夔州之後，其六十句以上的五言長詩有十

〔註 14〕同註 1，「王郎酒酣拔劍斫地歌莫哀，我能拔爾抑塞磊落之奇才。豫章翻風白日動，鯨魚跋浪滄溟開。且脫佩劍休徘徊。西得諸侯棹錦水，欲向何門踆珠履。仲宣樓頭春色深，青眼高歌望吾子。眼中之人吾老矣。」卷 18，頁 916。

五首，現在我們由統計表中，又可以進一步知道，其中屬於此時期的有五首，它們分別是八十四句的〈大曆三年春，白帝城放船出瞿唐峽，久居夔府，將適江陵，漂泊有詩，凡四十韻〉、[註15] 六十二句的〈送顧八分文學適洪吉州〉（卷 19，頁 940～942）、七十二句的〈風疾舟中，伏枕書懷三十六韻，奉呈湖南親友〉（卷 20，頁 1030～1034）、七十六句的〈送重表姪王砅評事使南海〉一詩（卷 20，頁 1008～1011）：和八十八句的〈入衡州〉（卷 20，頁 1020～1023）。這個句數分佈現象，和夔州時期相比，沒有很大的差異性，這點再次告訴我們，杜甫對於五言長詩的創作，是一直延續著夔州時期的創作習慣的。

（二）七言長詩

我們已經知道，詩人入夔州以後的七言長詩，超過二十八句以上的有五首，現在我們進一步觀察七言長詩的統計表，可以知道，其中屬於此時期的便佔有三首之多，它們分別是三十二句的〈岳麓山道林二寺行〉（卷 19，頁 966～968）和〈惜別行送劉僕射判官〉（卷 20，頁 986～988），以及四十六句的〈暮秋枉裴道州手札，率爾遣興，寄遞近呈蘇渙侍御〉（卷 20，頁 993～995），這個句數分佈現象，和夔州時期相比，不但不減少反而更多，而這點則也再次告訴我們，七言長詩的創作，是詩人荊湘時期最致力，也是最有突破性的詩體。

（三）雜言長詩

我們已經知道詩人入夔州之後的雜言長詩只有四首，現在我們進一步觀察雜言長詩的統計表，又知道了其中屬於荊湘時期的只有一首而已，即前面所說的〈短歌行贈王郎司直〉。這個現象更讓我們可以確定地說，雜言長詩在荊湘時期，幾乎已經退出他的創作興趣之外了。

〔註15〕此詩的詩題，題為「四十韻」，實際上其內容有四十二韻（即八十四句），杜甫可能是取其整數而言之。

第二節　拗救體的靈活操作

　　仇兆鰲說：「杜公夔州七律有間用拗體者，王右仲謂皆失意遣懷之作，今觀〈題壁〉〔註 16〕一章，亦用此體，在將去諫院之前，知王說良是。王世懋云：『七律之有拗體，即詩中之變風變雅也。』說正相合。」〔註 17〕據仇氏之言，可知杜甫在浪跡夔州之後，因為其所遭遇盡皆失意困頓，故七律中間用拗體，聊以自遣，然而不僅在夔州時如此，其實早在肅宗朝，他將去諫院之前，當時因衰年為官，深恐自己無益朝政，辜負人君之託，杜甫在愧顏自惕之餘，七律中已有拗體出現。

　　仇氏對杜甫作七律拗體之原因的分析，正好也解釋了為什麼詩人在去夔出峽之後，律詩中頻繁出現拗體的緣故。其前後失據，憑藉盡空的日子，除了以拗體詩來抒發之外，他似乎也很難再找到更好發洩心情的管道。

　　總計他從出峽之後，到死於北歸途中為止的詩歌，目前尚保存的共有一百五十四首。概而言之，古詩雖然有四字一句的四言古詩、五言一句的五言古詩、七言一句的七言古詩，以及字數不定的雜言古詩之別，但是不僅在句式上，每篇沒有定句，而且在用字上，只要避免平仄入律即可。但是近體詩則不然，除了排律不拘句數之外（但必須是雙數句），律詩和絕句，都有嚴格的言數與句數的規定。

　　另外，近體詩在平仄方面和用韻方面，也分別有嚴格的規定。用韻方面將另章討論，而平仄方面，近體詩在每一句中，第二、四、六字必須分明，平仄一定是相反，而第三、五、七字，在 1. 不可三平落底 2. 不可三仄落底 3. 不可犯孤平的三原則下，可以姑且不論平仄。

〔註 16〕同註 1，卷 4，頁 178，此詩之詩題全稱〈題省中院壁〉：「掖垣竹埤梧十尋，洞門對雷常陰陰。落花游絲白日靜，鳴鳩乳燕青春深。腐儒衰晚謬通籍，退食遲迴違寸心。袞職曾無一字補，許身愧比雙南金。」這是一首入韻平起的七言律詩，通篇除了頸聯的對句「退食遲迴違寸心」一句合律之外，其餘七句皆有用拗之處。楊倫評此詩，說：「杜好作拗體七律，自覺意致脩然」。

〔註 17〕同註 9，卷 6，頁 442。

　　至於句與句之間，四句的絕句，必須依照反（意為第二句的第二、四、六字，一定和第一句的第二、四、六字平仄相反）、黏（意為第三句的第二、四、六字，一定和第二句的第二、四、六字平仄相同）、反（意為第四句的第二、四、六字，一定和第三句的第二、四、六字平仄相反）的平仄規則操作；八句的律詩也是一樣，依序按照反、黏、反、黏、反、黏、反的規則進行；而不限句數的排律，原則上分四句為一組，以反黏反為一個循環，不論多少句，總是反黏反不斷地規劃重複。除此，近體詩的雙數句押韻處一定是平聲，單數句不押韻處一定是仄聲，而第一句如果是入韻，也一定要用平聲才可以。

　　以上諸項，共同組成嚴格的近體詩平仄規定，如果為了某些因素，而違反了規定，則必須要以拗救的方式來補救，才不致失律，而當拗而能救，那麼也算是合律。

　　當仔細檢視詩人此時期的一百零六首近體詩，除去三十首排律之外，我們可以發現，他此時期的詩歌，不僅七言律詩喜用拗骱，五言律詩以及七言絕句，也大量使用之。十三首七律中，用拗的便有六首；六十一首五律中用拗的則有三十四首；二首絕句中，二首皆用拗。其用拗比率，佔全部律絕的一半以上。

　　然而儘管詩人如此大量使用拗體，不過，誠如毛奇齡所說的：「杜詩拗體，較他人獨合聲律，即諸詩皆然，始知通人必知音也。」〔註18〕詩人他在使用拗體時，在規則中自有其變化，在變化中又處處暗合繩墨，以使詩歌聲律抑揚頓挫，錯落有致。現在筆者將這些拗體詩，分一字用拗、多字用拗和全詩用拗三種類型，一一列舉其詩句，分析其用拗及拗救情形，以便深入了解他此時期之拗體詩。

壹、一字用拗

　　現在先分析其一首之中，有一處用拗及拗救之情形者。

〔註18〕同註9，卷22，頁1916。

一、單拗

　　所謂單拗，其情形大多數使用在五言仄起格，和七言平起格的譜式時。此時五言出句的第三字，或是七言出句的第五字，本來應該要用平聲字，如果卻用了仄聲字，爲了協律，就必須把五言它本句的下一字，也就是第四字，七言也是它本句的下一字，也就是第六字，由平聲改成仄聲。因爲它的拗救方式，僅止於本句，即由本句自救，沒有影響到它的下一句（即對句），所以被稱作單拗，它大部分出現在尾聯地方。杜甫此時期的單拗，大多數屬於此類，不過也有少數例外，其變化使用情形列舉如下：

　　（一）絕句

　　　　正是江南好風景，落花時節又逢君。（〈江南逢李龜年〉）——

　　　　（卷20，頁1017～1018）

此詩爲不入韻平起格的七言絕句，上舉二句爲詩中的後聯，即第三、四二句。不入韻平起格七絕，其後聯出句的平仄規律爲「▲仄▲平平仄仄」（▲表示可平可仄，以下皆然，不再重複標明）。「好」字應平而用仄，因而其下一字，杜甫用平聲字的「風」以救之。

　　（二）律詩

　　1. 用在首聯出句者

　　　　昔聞洞庭水，今上岳陽樓。（〈登岳陽樓〉）——（卷19，頁952）

此爲不入韻平起格的五言律詩。不入韻平起格五律，其首聯出句的平仄規律爲「▲平平仄仄」。單拗本句自救，用在平起格，又是首聯出句者甚爲少見。「洞」字應平而用仄，因而其下一字，乃用平聲字的「庭」以救之。此法之用，不但一則符合拗救的原則，二則更扣合了眼前實景的名稱，可謂妙絕。

　　2. 用在頷聯出句者

　　　　斯人不重見，將老失知音。（〈哭李常侍嶧二首之一〉）——（卷19，頁938）

　　　　吾徒自漂泊，世事各艱難。（〈宴王使君宅題二首之一〉）——（卷19，頁945）

衰年病衹瘦，長夏想爲情。（〈江閣臥病，走筆寄呈崔盧兩侍御〉）
——（卷 20，頁 982）

以上所舉三詩都是不入韻仄起格的五言律詩。不入韻仄起格五律，其
頷聯出句的平仄規律爲「▲平平仄仄」。單拗本句自救，用在頷聯出
句者也是不多見。「不」、「自」、「病」字應平而用仄，因而其下一字，
杜甫用平聲字的「重」、「漂」、「衹」以救之。

3. 用在頸聯出句者

滄溟恨衰謝，朱紱負平生。〈獨坐〉——（卷 19，頁 934。）

此爲不入韻平起格的五言律詩。不入韻平起格五律，其頸聯出句的平
仄規律爲「▲平平仄仄」。單拗本句自救，用在頸聯出句者一樣不多見。
「恨」字應平而用仄，因而其下一字，乃用平聲字的「衰」以救之。

4. 用在尾聯出句者

諸公不相棄，擁別借光輝。（〈屋壁〉）——（卷 18，頁 908）

萍漂忍流涕，衰颯近中堂。（〈乘雨入行軍六弟宅〉）——（卷 18，
頁 911）

烏臺俯麟閣，長夏白頭吟。（〈夏日楊長寧宅，送崔侍御常正字入
京，得深字〉）——（卷 19，頁 920）

餘光隱更漏，況乃露華凝。（〈江邊星月二首之一〉）——（卷 19，
頁 924）

雞鳴問前館，世亂敢求安。（〈移居公安山館〉）——（卷 19，頁
940）

維舟倚前浦，長嘯一含情。（〈公安縣懷古〉）——（卷 19，頁 944）

江湖墮清月，酩酊任扶還。（〈宴王使君宅題二首之二〉）——（卷
19，頁 945）

憑將百錢卜，漂泊問君平。（〈公安送李二十九弟晉肅入蜀，余下
沔鄂〉）——（卷 19，頁 947）

王孫丈人行，垂老見飄零。（〈衡州送李大夫七丈勉赴廣州〉）——
——（卷 19，頁 976）

無人竭浮蟻，有待至昏鴉。(〈對雪〉) ——（卷 20，頁 1002）

湖光與天遠，直欲泛仙槎。(〈過洞庭湖〉) ——（卷 20，頁 1029）

以上所舉十一首五言律詩，除〈公安縣懷古〉、〈衡州送李大夫七丈勉赴廣州〉、〈對雪〉為入韻仄起格外，其餘八首都是不入韻仄起格。而此兩類尾聯出句的平仄規律，同樣都為「▲平平仄仄」。「不」、「忍」、「俯」、「隱」、「問」、「倚」、「墮」、「百」、「丈」、「竭」、「與」都是應平而用仄，因而其下一字，杜甫用平聲字的「相」、「流」、「麟」、「更」、「前」、「前」、「清」、「錢」、「人」、「浮」、「天」以救之。

至於以下二首則為七言律詩，前一首是平起不入韻，後一首是平起入韻。七律的平起入韻及不入韻兩類，其尾聯出句的平仄規律，同樣都是「▲仄▲平平仄仄」。

先踏鑪峰置蘭若，徐飛錫杖出風塵。

(〈留別公安大易沙門〉) ——（卷 19，頁 947）

雲白山青萬餘里，愁看直北是長安。

(〈小寒食舟中作〉) ——（卷 20，頁 1018）

「置」、「萬」字都是應平而用仄，因而其下一字，杜甫用平聲字的「蘭」、「餘」以救之。

二、雙拗

雙拗是指當五言的出句第二、四字，或是七言的第四、六字均用仄聲，而形成拗體時，那麼為了協律，就必須在它們的下一句（即對句），五言之第三字，七言之第五字，使用平聲字以救之。

1. 用在頷聯者

闇闇書籍滿，輕輕花絮飛。

(〈宴胡侍御書堂〉) ——（卷 18，頁 911）

此為不入韻平起格的五言律詩。不入韻平起格五律，其頷聯的平仄規律為「▲仄平平仄，●平●仄平。」（兩個●表示可以同時為平聲，但是如果其中一個是仄聲，那麼另一個就必須一定是平聲，以免犯孤

平，以下皆然，不再重複標明）。「籍」〔註19〕字應平而用仄，形成第二和第四字同時為仄聲的現象，乃在其對句第三字，用平聲字「花」以救之。

2. 用在頸聯者

賈傅才未有，褚公書絕〔註20〕倫。

（〈發潭州〉）——（卷 19，頁 970）

此為不入韻仄起格的五言律詩。不入韻仄起格五律，其頸聯的平仄規律也是「▲仄平平仄，●平●仄平。」「未」應平而用仄，乃在其對句第三字，用平聲字「書」以救之。

三、孤平拗救

所謂孤平拗救，是指五言詩出句的第三字，或七言詩出句的第五字，本來應該是平聲，卻用了仄聲，為了協律，就必須在它們的下一句（即對句），五言之第三字，七言之第五字，使用平聲字以救之。

1. 用在首聯者

楚岸朔風疾，〔註21〕天寒鶺鴒〔註22〕呼。

（〈纜船苦風，戲題四韻，奉簡鄭十三判官泛〉）——（卷 19，頁 951）

此為不入韻仄起格的五言律詩。不入韻仄起格五律，其首聯的平仄規律為「▲仄平平仄，●平●仄平。」「朔」字應平而用仄，乃在其對句第三字，用平聲字「鶺」以救之。

2. 用在頸聯者

歷歷竟誰種，悠悠何處圓。

（〈江邊星月二首之二〉）——（卷 19，頁 924）

此詩為不入韻仄起格的五言律詩。入韻仄起格五律，其頸聯的平仄規律也是「▲仄平平仄，●平●仄平。」「竟」字應平而用仄，杜甫因而在其對句第三字，用平聲字「何」以救之。

〔註19〕「籍」字為入聲十一陌韻。
〔註20〕「絕」字為入聲九屑韻。
〔註21〕「疾」字為入聲四質韻。
〔註22〕「鴒」字為入聲七曷及八黠韻。

四、三仄落底

所謂三仄落底，是指當五言詩出句的第四、五字同時爲仄聲，或七言詩出句的第六、七字同時爲仄聲時，那麼在近體詩的平仄規律中，此時在它們上面的那一個字（即五言的第三字，七言的第五字），必須用平聲來救之，以免造成一句之中，三個仄聲並列到底的頭輕腳重現象。三仄落底本是詩家的最大避忌，但是詩家有時爲了使詩歌音律能夠鏗鏘有力，因而特別規定，只要五言當句的第一字，或七言當句的第三字用平聲字，那麼即使是三仄落底也無所謂，不必在其對句（五言的第三字，七言的第五字）再作拗救的調整，以免反而又造成對句三平落底的反效果。若以調譜形式來看，當五言出句是「▲平仄仄仄」時，其第一個字「▲」只要是平聲字，或當七言出句是「▲仄▲平仄仄仄」時，其第三個字「▲」只要是平聲字，那麼，它們也都算是合律的。杜甫在此時期，似乎也很喜歡使用此種拗句，來增加詩歌的韻律感。

1. 用在首聯者

更深不假燭，〔註23〕月朗自明船。

（〈舟中對驛近寺〉）——（卷 19，頁 925）

此爲不入韻平起格的五言律詩。不入韻平起格五律，其首聯的平仄規律爲「▲平平仄仄，▲仄仄平平。」此詩的第三字「不」應平而用仄，形成「不假燭」三仄落底現象，杜甫爲此，第一字使用平聲字「更」以救之；至於對句的第三字則不必再改仄爲平，所以杜甫用仄聲字「自」，來避免三平落底。

2. 用在頷聯者

深慙長者轍，重得故人書。

（〈酬韋韶州見寄〉）——（卷 20，頁 983）

途窮那免哭，〔註24〕身老不禁愁。

（〈暮秋將歸秦，留別湖南幕府親友〉）——（卷 20，頁 1029）

〔註23〕「燭」爲入聲二沃韻。
〔註24〕「哭」爲入聲一屋韻。

以上所舉二詩為不入韻仄起格的五言律詩。不入韻仄起格五律，其頷聯的平仄規律也是「▲平平仄仄，▲仄仄平平。」以上二詩的第三字「長」、「那」應平而用仄，形成「長者轍」、「那免哭」三仄落底現象，杜甫為此，將它們的第一字，用平聲字「深」、「途」以救之；至於對句的第三字，杜甫也分別只用仄聲字「故」、「不」而已，以避免三平落底。另外，下面這一首七言律詩：

念我能書數字至，將書不必萬人傳。

（〈公安送韋二少府匡贊〉）——（卷19，頁944）

此為入韻平起格的七言律詩。入韻平起格七律，其頷聯的平仄規律也是「▲仄▲平平仄仄，●平●仄仄平平。」此詩第五字「數」應平而用仄，形成「數字至」三仄落底現象，杜甫為此，第三字使用平聲字「能」以救之；至於對句的第五字則不必再改仄為平，所以他用仄聲字「萬」，來避免再造成三平落底反效果。

3. 用在尾聯者

還瞻魏太子，賓客減應劉。（〈重題〉）——（卷19，頁937）

風濤暮不穩，捨棹宿誰門。（〈冬深〉）——（卷19，頁948）

圖南未可料，變化有鵾鵬。（〈泊岳陽城下〉）——（卷19，頁951）

蒼梧恨不盡，染淚在叢筠。（〈湘夫人祠〉）——（卷19，頁956）

江邊地有主，暫借上天迴。（〈雙楓浦〉）——（卷19，頁971～972）

以上所舉五首五言律詩，除第一首是入韻仄起格外，其餘四首都是不入韻仄起格。五律仄起格，不論是入韻或不入韻，其尾聯的平仄規律也都是「▲平平仄仄，▲仄仄平平。」以上五詩的第三字「魏」、「暮」、「未」、「恨」、「地」應平而用仄，形成「魏太子」、「暮不穩」、「未可料」、「恨不盡」、「地有主」三仄落底現象，杜甫為此，將它們的第一字，用平聲字「還」、「風」、「圖」、「蒼」、「江」以救；至於對句的第三字，杜甫同樣也分別只用仄聲字「減」、「宿」、「有」、「在」、「上」而已，以避免三平落底。

　　凡上所分析者，都是一首之中，只有一字用拗者。其實杜甫在此時期的近體詩中，尚有很多首是兩字用拗、三字用拗，甚至是全詩處處用拗者，現在筆者也將其例舉如下。

貳、多字用拗

一、二字用拗

　　不夜楚帆落，避風湘渚間。早泊〔註25〕雲物晦，逆行波浪慳。(〈銅官渚守風〉)──(卷19，頁966)

此為不入韻仄起格的五言律詩，前二句為首聯，用犯孤平拗救；後二句為頸聯，用雙拗。不入韻仄起格五律的首聯，其平仄規律為「▲仄平平仄，●平●仄平。」「楚」字應平而用仄，杜甫因而在其對句第三字，用平聲字「湘」以救之；至於頸聯，其平仄規律也是「▲仄平平仄，●平●仄平。」「物」字應平而用仄，形成「泊」、「物」皆仄情形，因此杜甫在其對句第三字，用平聲字「波」以救之。另外：

　　來簪御史筆，故泊洞庭船。南瞻按百越，黃帽待君偏。

　　(〈酬寇十侍御錫見寄四韻復寄寇〉)──(卷20，頁1020)

此為不入韻仄起格的五言律詩，前二句是頷聯，用三仄落底的拗句；後二句尾聯，也是用三仄落底的拗句。不入韻仄起格五律的頷聯和尾聯，其平仄規律都是「▲平平仄仄，▲仄仄平平。」「御」、「按」二字，應平而用仄，所以杜甫分別在其本句第一字，用平聲字「來」、「南」以救之。

二、三字用拗

　　漠漠舊京遠，遲遲歸路賒。殘年傍水國，落日對春華。

　　賈生骨已朽，悽惻近長沙。(〈入喬口〉)──(卷19，頁965)

此為不入韻仄起格的五言律詩，前二句為首聯，用犯孤平拗救；中二句為頷聯，後二句為尾聯，則都是屬於情況特殊的三平落底拗句。不入韻仄起格五律，其首聯平仄規律為「▲仄平平仄，●平●仄平。」

〔註25〕「泊」為入聲十藥韻。

「舊」字應平而用仄，杜甫因而在其對句第三字，用平聲字「歸」以救之；至於頷聯，其出句第三字「傍」，分屬於兩個韻部（即下平七陽、去聲二十三漾），此字若以平聲視之，則此聯的平仄，完全合乎「▲平平仄仄，▲仄仄平平。」的格律要求，但若以仄聲視之，則「傍」字應平而用仄，故杜甫一如往例，在當句第一字，用平聲字的「殘」救之，也是理所當然。

不過，在尾聯平仄規律也是「▲平平仄仄，▲仄仄平平。」的情形下，「骨」字雖然也是應平而用仄，形成「骨已朽」的三仄落底現象，但是因為當句第一、二字「賈生」，乃指賈誼，是人名，屬於專有名詞，可以不必論平仄，所以雖然「賈」字是仄聲字，也是沒有關係的。

然而，相較於上述所舉之有緣由可循的特例外，杜甫有些詩歌，則是完全在常規之外另闢蹊徑，然後再作條理的重整。譬如以下所舉便是：

> 渥洼汗血種，天上麒麟兒。才士得〔註26〕神秀，書齋聞爾為。朋酒日歡會，老夫今始知。（〈和江陵宋大少府暮春雨後同諸公及舍弟宴書齋〉）──（卷18，頁914）

此為不入韻平起格的五言律詩，前二句為首聯，用三仄落底的拗句；中二句為頷聯，用犯孤平拗救；後二句為尾聯，也是用犯孤平拗救。先討論頷聯和尾聯，不入韻平起格五律的頷聯和尾聯，其平仄規律都是「▲仄平平仄，●平●仄平。」「得」、「日」字應平而用仄，形成犯孤平現象，因此杜甫在其對句第三字，用平聲字「聞」、「今」以救之。

至於首聯，杜甫在出句和對句處，卻各用了一個落調字。不入韻平起格五律的首聯，其平仄規律為「▲平平出仄仄，▲仄仄平平。」出句的「汗」字應平而用仄，形成三仄落底，本來在其當句第一字，必須要用平聲字以救之，才算是合律，但是杜甫卻用了仄聲字的

〔註26〕「得」為入聲十三職韻。

「渥」；又，對句的第三字，就其平仄規律來說，應該要用仄聲字，杜甫卻用了平聲字的「麒」字。此二處落調字，乍看之下，會以爲是杜甫一時疏於用律，然而當仔細檢思其在出句、對句的拗救處，同時用拗的做法，很清楚地，一定是他在求聲律的變化之餘，又兼顧兩句之間的平衡性。可知杜甫在晚年居夔州期間所說的：「晚節漸於詩律細」，〔註27〕乃是他對自己作詩功夫的一種自許與實踐，而非虛言浪語的浮誇而已。

參、全詩用拗

杜甫的拗體詩歌，變化萬端、無可掌握，素爲歷代詩家所讚嘆並模仿，誠如元代方回在《瀛奎律髓》中所說的：「老杜七言律一百五十九首，而此體凡十九出，不止句中拗一字，往往神出鬼沒，雖拗字甚多，而骨格愈峻峭。……五言律亦有拗者，止爲語句要渾成，氣勢要頓挫，則換易一兩字平仄無害也。」〔註28〕爲明白杜甫詩歌全首處處用拗的神出鬼沒情形，吾人現在也列舉二首如下：

一、〈〈暮歸〉〉——（卷18，頁934）

●─●｜｜──，霜黃碧梧白鶴棲，

▲｜●─●｜──。城上擊柝復烏啼。（首聯）

▲｜▲──｜｜，客子入門月皎皎，

●─●｜｜──。誰家搗練風淒淒。（頷聯）

●─●｜｜──｜，南渡桂水闕舟楫，

▲｜●─●｜──。北歸秦川多鼓鞞。（頸聯）

▲｜▲──｜｜，年過半百不稱意，

●─●｜｜──。明日看雲還杖藜。（尾聯）

左列爲入韻平起格的七律調譜，右列爲〈暮歸〉的全文。此詩用拗情

〔註27〕同註1，卷15〈遣悶戲呈路十九曹長〉：「江浦雷聲喧昨夜，春城雨色動微寒。黃鸝並坐交愁濕，白鷺群飛太劇乾。晚節漸於詩律細，誰家數去酒杯寬？惟君最愛清狂客，百遍相過意未闌。」頁740。

〔註28〕見〈拗門類〉卷25。

形如下：1. 在首聯方面，將其出句第四字，與對句第四字的平仄互換，而形成出句應仄，而用平聲「梧」，對句應平，而用仄聲「析」的拗體現象；第六字亦然，第六字出句應平，而用仄聲「鶴」，對句應仄，而用平聲「烏」。2. 在頷聯方面，頷聯出句「月皎皎」的「月」應平而用仄，以致形成三仄落底現象，原本在正常情況下，七言律絕只要是當句的第三個字，用平聲字即可，其對句的第五個字不必再轉成平聲。但是在此處，卻在當句第三個字用仄聲的「入」，而使「入門月」三字變成犯孤平；又把對句的第五個字轉為平聲，用「風」字填之，而使「風淒淒」變成三平落底。3. 在頸聯方面，其出句第二字，也與對句第二字的平仄互換，而形成出句應平，而用仄聲「渡」，對句應仄，而用平聲「歸」的情形；至於出句第五字的地方，在調譜中本來是應該用平聲字，杜甫卻用仄聲字的「闕」，〔註29〕也因此，其對句第五字，雖然是一個可平可仄的地方，他則選用了平聲字的「多」以填之。4. 在尾聯方面，其出句第四字，也與對句第四字的平仄互換，而形成出句應平，而用仄聲「百」，對句應仄，而用平聲「雲」的情形；除此，此聯對句須講平仄的地方，除了韻腳字一定要用平聲，不得改變外，其餘各字如「日」、「杖」，他更是刻意用拗，應平而用仄，應仄而用平，形成「過、日」失對和「稱、杖」失對的拗體。當然，因為用拗與失對方法的運用，此詩失黏之處也就隨意可見，而不必多論了。

　　就是因為杜甫能如此恣意地打散平仄格律，自由開闔馳騖，使得此詩自來一直受到眾多詩評家的讚賞，如申鳧盟便說：「作拗體詩，須有疏斜之致，不衫不履。如客子入門月皎皎，及落日更見漁樵人，語出天然，欲不拗不可得。而此一首律中帶古，傾欹錯落，尤為入化。」邵子湘也說：「拗體高調，未許時手問津」〔註30〕而盧德水更以「竹枝樂府」形容此詩的古拙渾成，他說：「『霜黃碧梧』，全首矯秀，原

〔註29〕「闕」為入聲六月韻。
〔註30〕同註1，以上二段引言，皆見〈暮歸〉之旁註，頁934。

是悲詩，卻絕無一點悲愁澀氣犯其筆端，讀去如竹枝樂府。」〔註31〕

二、〈〈曉發公安〉〉——（卷19，頁948）

●—●｜—｜｜，北城擊柝復欲罷，

▲｜●—●｜——。東方明星亦不遲。（首聯）

▲｜▲——｜｜，鄰雞野哭如昨日，

●—●｜｜——。物色生態能幾時？（頷聯）

●—●｜—｜｜，舟楫眇然自此去，

▲｜●—●｜——。江湖遠適無前期。（頸聯）

▲｜▲——｜｜，出門轉盼已陳跡，

●—●｜｜——。藥餌扶吾隨所之。（尾聯）

左列為不入韻平起格的七律調譜，右列為〈曉發公安〉的全文。此詩用拗情形如下：1. 在首聯方面，此詩的首聯出句即有三個用拗處，首先就「北城擊」〔註32〕三個字來說，它是犯孤平；其次就「柝、欲」兩個字來說，它是雙拗；再次就「復欲罷」三個字來說，它是三仄落底。至於黏對呢？出、對句的第二字「城、方」失對，第六字「欲、不」也失對。2. 在頷聯方面，此聯杜公以出、對句平仄互換，和出、對句失對的方式來書寫。先說出、對句的平仄互換，第二字出句本應用仄，而用平聲的「雞」，對句本應用平，而用仄聲的「色」；再說出、對句的失對，「哭、〔註33〕態」失對、「昨、〔註34〕幾」失對。3. 在頸聯方面，此聯杜甫則先讓出句的「自此去」拗成三仄落底，對句的「無前期」拗成三平落底，再用出、對句平仄互換的方式，使「楫、〔註35〕湖」、「然、適」、「此、前」這三組字，應平而用仄，應仄而用平。4. 在尾聯方面，先就出句的第五、六字來說，第五字應平而用仄聲的「已」，故第六字用平聲字的「陳」來救轉，為單拗自救的拗體；再就對句來說，其第二、四、六字出、對句的平仄，也都是以平

〔註31〕同註9，卷22，頁1916。
〔註32〕「擊」為入聲十二錫韻。
〔註33〕「哭」為入聲一屋韻。
〔註34〕「昨」為入聲十藥韻。
〔註35〕「楫」為入聲十六葉韻。

仄互換的方式來呈現,「門、餌」、「盼、吾」、「陳、所」等三組字,應平而用仄,應仄而用平。

與上舉之〈暮歸〉一樣,〈曉發公安〉的用拗,從來也一直都是詩家們討論的對象,譬如邵子湘便說:「疏老,亦拗體之佳者。」〔註36〕或者有人則直接把它拿來和〈暮歸〉相提並論,盧德水說:「〈崔氏東山草堂〉、〈暮歸〉、〈曉發公安〉三首,皆拗調,詩之絕佳者。」而此詩其用拗之恣意縱橫,拗折變化之高,甚至還比前二首更加有過之而無不及,因此盧德水接著上文,而以「散仙」比喻此詩,說:「〈曉發公安〉一詩,更瘦更狂,眞七言律中散仙也。」〔註37〕至於王右仲,則又更爲推崇此詩,認爲是一首極妙極眞的作品,他說:「搖曳脫灑,七律之變,至此而極妙,亦至此而極眞,皆山谷所云:『不煩繩削而自合者。』」〔註38〕

從是以觀,杜甫此時期近體詩的拗體,其用拗變化情形,已充分能爲吾人所了解矣,而不論是拗而救之,或是拗而不救,吾人發現,杜甫在講究聲音韻律鏗鏘之餘,很明顯地,對於聲音韻律的平衡,也同樣細心兼顧,因此只要是兩字以上用拗者,其用拗處,一定平均分配在四聯之中,不使偏側,而他將這種平衡美感功力,表現到最淋漓盡致地步的,當然就屬在〈暮歸〉、〈曉發公安〉二詩了。

第三節　詩韻與韻腳字的慣性使用

就荊湘時期的詩歌來說,近體詩仍然是杜甫最主要的詩體,占了三分之二以上,其中包括有律絕詩七十四首,排律三十一首,而在這些近體詩中,我們只要仔細分析歸納,便不難發現,他在詩韻的使用上,有他的偏好性,在韻腳字的選擇上,也有他的習慣性。

〔註36〕同註1,卷19,頁948。
〔註37〕同註9,卷22,頁1916。
〔註38〕同註1,卷19,頁948。

壹、詩韻的使用

先就詩韻的使用上來說，杜甫此時期使用次數最多的詩韻是下平一先韻，共有十四首，以下依次是下平八庚韻有十一首，七平七虞韻有八首，上平四支韻、下平十一尤韻各七首，上平十一眞韻有六首，上平十二文韻、下平六麻韻、下平七陽韻、下平十二侵韻各有五首，上平五微韻、上平十灰韻有四首，上平十四寒韻、下平二蕭韻、下平九青韻、下平十蒸韻各三首；零散出現的，則有上平的一東韻、六魚韻、八齊韻、十五刪韻、以及下平的五歌韻各二首，另外下平的四豪韻、十三覃韻各一首；至於上平的二多韻、三江韻、九佳韻、十三元韻，下平的三肴韻、十四鹽韻、十五咸韻等七個詩韻，則始終未出現在近體詩的詩韻中。

分析以上杜甫使用詩韻的情形，吾人可以爲它歸納出兩個現象：

一、使用陽聲韻多於陰聲韻

平上去三聲之韻，有「陰聲」、「陽聲」二類，此二類其音的收束方式不同，「陰聲」其音都下收於喉而不上揚，「陽聲」則相反，其音不下收於喉，而是上出於鼻。「陰聲」、「陽聲」的收音不同，因而所形成之氣勢的強弱剛柔也就甚有差異，這種差異，古人雖然不曾明顯地加以說明，但是在韻部中卻很早就已經分析得很嚴格，直到清朝戴東原先生在〈與段若膺論韻書〉一文中，才終於爲此二類之音的特性，作了一個清楚的比較說明，他說：「有入者，如氣之陽，如物之雄，如衣之表。無入者，如氣之陰，如物之雌，如衣之裏。」〔註39〕

今若以近體詩所使用的三十個平聲韻而言，上平聲的「東」、「多」、「江」、「眞」、「文」、「元」、「寒」、「刪」，下平聲的「先」、「陽」、「庚」、「青」、「蒸」、「侵」、「覃」、「鹽」、「咸」等十七韻，是屬於其音不下收於喉，而上出於鼻，帶有鼻音的陽聲韻；而上平聲的「支」、「微」、「魚」、「虞」、「齊」、「佳」、「灰」，下平聲的「蕭」「肴」「豪」

〔註39〕見林尹著、林尚陽注釋：《中國聲韻學通論》，台北：黎明文化事業公司，民國73年9月3版，頁120～121。

「歌」「麻」「尤」等十三韻，是屬於其音純下收於喉，不帶鼻音的陰聲韻。吾人嘗試將此二類聲韻，檢之於杜甫此時期的近體詩，發現他的韻腳用韻，較偏好於陽聲韻，總計有六十首，陰聲韻則少了十五首，總計有四十五首。這個現象，若再對照戴東原先生對二類聲韻的比較說明，正好可以讓吾人合理解釋，爲何此時期的詩歌，雖然其所使用的詞彙，大多數傾向於衰頹窮愁等類型，但是其整體詩歌的聲音，卻仍然給人昂揚激越感覺的原因了。

二、主要使用寬韻

杜甫此時期的近體詩用韻，就陰陽二類來說，偏好於使用陽聲韻。至於在韻部與韻部當中，他則大致偏好於使用寬韻，也就是包含有很多可用字的韻部，以表現其平淺淡然的近人風格，譬如杜甫使用次數最多的前五個韻部——下平一先韻、下平八庚韻、上平七虞韻、上平四支韻和下平十一尤韻，一先韻便包含有一百八十二字，八庚韻包含有一百七十九字，七虞韻包含有二百一十五字，四支韻包含有三百三十二字，十一尤韻包含有一百九十二字；至於他此時期的詩歌，從沒有使用過的五個韻部——上平九佳韻、上平十三元韻、下平三肴韻、下平十四鹽韻和下平十五咸韻，九佳韻則只有包含有四十二字，十三元韻包含有一百一十二字，三肴韻包含有六十九字，十四鹽韻也是包含有六十九字，十五咸韻包含有三十五字。這個現象，也正好讓吾人理解，杜甫此時期詩歌，爲何總是被認爲是夔州「簡易平淡」〔註40〕詩風的延續，而一併歸類的原因。

了解了杜甫在詩韻使用上的偏好之後，吾人現在將再就他在韻腳字的選擇上，作另一番分析，以進一步清楚杜甫在選擇韻腳字方面的習慣性。而因爲律詩和排律，在篇幅上明顯不同，韻腳字的使

〔註40〕見《豫章黃先生文集·與王觀復書之二》卷19：「但熟觀杜子美到夔州後古律詩，便得句法。簡易而大巧出焉，平淡而山高水深，似欲不可企及，文章成就，更無斧斧痕，乃爲佳作耳。」（《四部叢刊初編·集部》），台北：商務印書館，頁202。

用數量也因此不一樣，爲達到更高的準確性，茲將律詩和排律分開討論之。

貳、韻腳字的選擇

一、律詩

杜甫此時期的近體詩歌，乃是以律詩和排律爲主，絕句只有兩首。爲了方便，姑將絕句合在律詩中一併討論，也姑以律詩一起稱呼之。

在此七十四首的律詩中，除了吾人前述的七個完全未在律詩和排律中出現的詩韻之外，下平的四豪韻只在排律中出現一次，在律詩中沒有；又，上平的一東、六魚、八齊，和下平的五歌、十三覃等五個詩韻，因爲都各只有使用一次，無法分析它的使用慣性因此不加討論，至於其餘的十七個詩韻，爲了方便下文討論，吾人姑且先逐一列出以見之：

（一）上平聲

1. 四支韻

（1）兒、爲、宜、知。（〈和江陵宋大少府暮春雨後同諸公及舍弟宴書齋〉）──（卷18，頁914）

（2）辭、時、詩、詞。（〈哭李常侍嶧二首之二〉）──（卷19，頁938）

（3）遲、時、期、之。（〈曉發公安〉）──（卷19，頁948）

2. 五微韻

（1）歸、違、衣、輝。（〈屋壁〉）──（卷18，頁908）

（2）微、飛、違、歸。（〈宴胡侍御書堂〉）──（卷18，頁911～912）

（3）歸、飛、稀、薇。（〈歸雁二首之一〉）──（卷20，頁1017）

3. 七虞韻

（1）儒、孤、蘇、途。（〈江漢〉）──（卷19，頁935）

（2）隅、途、夫、蕪。（〈地隅〉）──（卷19，頁936）

（3）呼、湖、孤、罏。（〈纜船苦風，戲題四韻，奉簡鄭十三判官〉）

——（卷 19，頁 951～952）

（4）都、湖、無、儒、夫。（〈又作此奉衛王〉）——（卷 19，頁 926）

4. 十灰韻

（1）開、來、杯、迴。（〈發白馬潭〉）——（卷 19，頁 953）

（2）摧、材、苔、迴。（〈雙楓浦〉）——（卷 19，頁 971～972）

5. 十一真韻

（1）春、塵、蘋、筠。（〈湘夫人祠〉）——（卷 19，頁 956）

（2）春、人、倫、神。（〈發潭州〉）——（卷 19，頁 970）

（3）人、神、春、塵。（〈留別公安大易沙門〉）——（卷 19，頁 947）

（4）新、人、春、身。（〈送趙十七明府之縣〉）——（卷 20，頁 1016）

（5）春、新、人、身、巾。（〈燕子來舟中作〉）——（卷 20，頁 1019）

6. 十二文韻

（1）根、痕、魂、門。（〈冬深〉）——（卷 19，頁 948）

（2）紛、雲、聞、君。（〈舟中夜雪有懷盧十四侍御弟〉）（卷 20，頁 1001）

（3）雲、羣、曛、聞。（〈歸雁二首之二〉）——（卷 20，頁 1017）

（4）聞、君。（〈江南逢李龜年〉）——（卷 20，頁 1018）

（5）分、雲、文、軍。（〈江閣對雨，有懷行營裴二端公〉）——（卷 20，頁 1026）

7. 十四寒韻

（1）寒、端、闌、安。（〈移居公安山館〉）——（卷 19，頁 939～940）

（2）安、難、寬、蟠。（〈宴王使君宅題二首之一〉）——（卷 19，頁 945）

（3）寒、冠、看、湍、安。（〈小寒食舟中作〉）——（卷 20，頁 1018）

8. 十五刪韻

（1）關、顏、山、還。（〈宴王使君宅題二首之二〉）——（卷 19，頁 945）

（2）間、山、慳、攀。（〈銅官渚守風〉）——（卷 19，頁 966）

（二）下平聲

1. 一先韻

（1）船、天、筵、邊。（〈春夜峽州田侍御長史津亭留宴得筵字〉）——（卷18，頁909）

（2）連、船、圓、緣。（〈宇文晁崔彧重汎鄭監審前湖〉）——（卷18，頁915）

（3）船、川、圓、鮮。（〈江邊星月二首之二〉）——（卷19，頁924）

（4）船、邊、娟、眠。（〈舟中對驛近寺〉）——（卷19，頁925）

（5）邊、傳、圓、仙。（〈舟中〉）——（卷19，頁925）

（6）賢、筵、傳、前、煙。（〈公安送韋二少府匡贊〉）——（卷19，頁944）

（7）賢、前、天、煙、船。（〈贈韋七贊善〉）——（卷20，頁1019）

（8）年、船、前、偏。（〈酬寇十侍御錫見寄四韻復寄寇〉）——（卷20，頁1020）

2. 二蕭韻

（1）寥、朝、遙、招。（〈歸夢〉）——（卷19，頁954）

（2）遙、苗、消、朝。（〈野望〉）——（卷19，頁965）

3. 六麻韻

（1）車、葭、花、霞。（〈官亭夕坐，戲簡顏十少府〉）——（卷19，頁943）

（2）斜、沙、花、嗟。（〈祠南夕望〉）——（卷19，頁957）

（3）賒、華、斜、沙。（〈入喬口〉）——（卷19，頁965）

（4）沙、家、花、賒、鴉。（〈對雪〉）——（卷20，頁1002）

（5）沙、鴉、斜、槎。（〈過洞庭湖〉）——（卷20，頁1029）

4. 七陽韻

（1）長、忙、郎、堂。（〈乘雨入行軍六弟宅〉）——（卷18，頁911）

（2）郎、光、涼、忘。（〈潭州送韋員外迢牧韶州〉）——（卷20，頁982）

5. 八庚韻

（1）城、清、生、輕。（〈獨坐〉）──（卷 19，頁 934）

（2）營、城、平、名、情。（〈公安縣懷古〉）──（卷 19，頁 944）

（3）行、鳴、城、平。（〈公安送李二十九弟晉肅入蜀，余下沔鄂〉）
　　──（卷 19，頁 946～947）

（4）情、輕、生、橫。（〈久客〉）──（卷 19，頁 947）

（5）名、程、明、征。（〈宿青草湖〉）──（卷 19，頁 955～956）

（6）生、成、輕、清、情。（〈江陵節度陽城郡王新樓成，王請嚴侍御
　　判官賦七字句，同作〉）──（卷 19，頁 925～926）

（7）名、生、成、明、程。（〈酬郭十五判官〉）──（卷 19，頁 976
　　～977）

（8）清、情、羹、罌。（〈江閣臥病，走筆寄呈崔盧兩侍御〉）──（卷
　　20，頁 982）

（9）清、傾、更。（〈書堂飲既夜，復邀李尚書下馬月下，賦絕句〉）──
　　──（卷 18，頁 912）

（10）晴、城、生、征。（〈陪裴使君登岳陽樓〉）──（卷 19，頁 953）

6. 九青韻

（1）亭、青、經、星。（〈泊松滋江亭〉）──（卷 18，頁 910）

（2）亭、青、星、溟。（〈宿白沙驛〉）──（卷 19，頁 956）

（3）冥、庭、星、萍、零。（〈衡州送李大夫七丈勉赴廣州〉）──（卷
　　19，頁 976）

7. 十蒸韻

（1）繩、澄、升、凝。（〈江邊星月二首之一〉）──（卷 19，頁 924）

（2）層、燈、增、鵬。（〈泊岳陽城下〉）──（卷 19，頁 951）

（3）凌、蒸、升、冰、乘。（〈多病執熱奉懷李尚書之芳〉）──（卷
　　19，頁 921）

8. 十一尤韻

（1）州、浮、愁、秋。（〈歸雁〉）──（卷 18，頁 915）

（2）收、頭、浮、秋、劉。（〈重題〉）——（卷 19，頁 937）

（3）樓、浮、舟、流。（〈登岳陽樓〉）——（卷 19，頁 952）

（4）遊、郵、秋、留。（〈晚秋長沙蔡五侍御飲筵送殷六參軍歸澧州覲省〉）——（卷 20，頁 990）

（5）秋、愁、優、裘。（〈暮秋將歸秦，留別湖南幕府親友〉）——（卷 20，頁 1029）

（6）州、秋、樓、收、憂。（〈長沙送李十一銜〉）——（卷 20，頁 1030）

9. 十二侵韻

（1）琴、襟、深、吟。（〈夏日楊長寧宅，送崔侍御常正字入京，得深字〉）——（卷 19，頁 920）

（2）深、音、林、金。（〈哭李常侍嶧二首之一〉）——（卷 19，頁 938）

（3）林、襟、心、音。（〈南征〉）——（卷 19，頁 954）

由以上所列出之七十四首律絕的韻腳字來觀察，吾人不難發現，杜甫在韻腳字的選擇上，也有兩個明顯現象：

甲、重複性很高

這裡所謂的重複性很高，是說某幾個字，不斷地重複出現在同一個詩韻的不同詩歌之韻腳中。在前述杜甫所使用的十七個詩韻當中，只有上平四支韻，和下平十蒸韻的各三首詩之韻腳字，沒有出現重複字，其餘的十五個詩韻，即使是只有兩首詩也不例外，譬如上平十灰韻重複出現「迴」，上平十五刪韻重複出現「山」，下平二蕭韻重複出現「朝」、「遙」，下平七陽韻重複出現「郎」。

而這種現象，並不是只有兩首詩時如此，三首詩以上時也是這樣，譬如「歸」字、「安」字、「星」字，便分別有三次，出現在它們所屬之上平五微、上平十四寒、下平九青等三韻的三首詩中；而「春」字，更是五次出現在上平十一眞韻的五首詩中；又「船」字，在八首屬下平一先韻的詩中出現七次；「沙」字，在五首屬下平六麻韻的詩中出現四次；「秋」字，在六首屬下平十一尤韻的詩中出現五次。

　　不只如此，其實由上面所列舉之各詩的韻腳字中，我們還可以進一步發現到，在杜甫的這些律絕詩中，所謂重複出現的字，並不是只有單一某個字而已，而是某幾個字群的組合搭配，譬如上平十一眞韻五首中，便主要以「春」和「人」、「塵」、「神」、「身」、「新」等字結合成一組字群，然後再選取其他字來作變化組合；下平一先韻中的八首也是這種情形，「船」和「邊」、「圓」、「前」、「天」、「賢」、「煙」、「筵」等字，不斷作重複交叉組合。

　　而他這種創作特色，在下平八庚韻的十首詩中，更是發揮得淋漓盡致，在此十首詩中，「生」、「清」、「情」、「城」、「名」、「輕」、「征」、「平」、「成」、「明」等十個字，彼此形成了一個系聯組合體，它們雖然是在不同時間、不同地點所創作出來的，但是竟然沒有任何一首，和其他九首斷線，這就創作技巧來說，已經是不簡單的，而他卻還能夠將這些幾乎是全然重複使用，變化不大的韻腳字，組合出剛好能適切表達他當時內心情感，又意境不同的詩歌，他的高妙功力，至此，實在令人不得不佩服矣。

　　乙、不用艱深費解的字作韻腳

　　相信我們只要翻開韻書仔細察看，便會發現，在每一個詩韻的韻部裡，大概都有將近一半以上的字，是大家不常見，或是即使常見卻不能立解其義的，但是反觀詩人此時期的律詩，由前面所列之韻腳字中，我們一一作檢查，便可以明顯看出來，他不但偏好使用寬韻，而且在寬韻中，總還是選用通俗易解的字爲主，尤其是那些不斷重複出現的字群，當中的每個字，幾乎無一不是簡淺易懂的，對於此種現象，我們實在不能只以巧合兩個字來看待，而應該把它認爲是，此乃他在選擇韻腳字上的習慣性，甚至可以說，這是他爲表現一種「詩篇渾漫與」〔註41〕平易近人詩風的堅持。

〔註41〕同卷1，卷8〈江上值水如海勢聊短述〉：「爲人性僻耽佳句，語不驚人死不休。老去詩篇渾漫與，春來花鳥莫深愁。新添水檻供垂釣，故著浮槎替入舟。焉得思如陶謝手，令渠述作與同遊。」「漫與」二

二、排律

了解了杜甫在律詩韻腳字方面的特色之後，現在繼續分析他在排律韻腳字方面的運用情形，而爲了以下檢驗上的方便，除去上平二冬、三江、九佳、十二文、十三元、十四寒、十五刪，以及下平三肴、六麻、九青、十蒸、十三覃、十四鹽、十五咸等韻沒有使用過；又上平一東、五微、六魚、八齊、十一眞，下平二蕭、四豪、五歌、八庚、十一尤等韻，都各只有使用一次，無法比較使用慣性之外，也照例先將其餘的七個詩韻的韻腳字排列出來。

（一）上平聲

1. 四支韻

（1）之、淄、疑、推、時、私、墀、詩、悲、期。（〈暮春江陵送馬大卿公恩命追赴闕下〉）——（卷18，頁913）

（2）之、夷、詞、期、墀、悲、葵、饑、遲、思。（〈移居公安敬贈衞大郎鈞〉）——（卷19，頁943）

（3）遲、詩、悲、時、淄、疑。（〈暮冬送蘇四郎徯兵曹適桂州〉）——（卷20，頁1003）

（4）兒、爲、知、儀、斯、皮。（〈同豆盧峰貽主客李員外賢子棐知字韻〉）——（卷20，頁1016～1017）

2. 七虞韻

（1）隅、吁、鳧、臚、珠、枯、無、娛、輸、衢、胡、軀、濡、須、趨、蕪、紆、樞、蒲、烏、晡、都、孤、蘇、愚、鑪、誣、途、儒、湖、逾、區、圖、梧、盧、塗、殊、駒、呼、扶、誅、嶇。（〈大曆三年春，白帝城放船出瞿唐峽，久居夔府，將適江陵，漂泊有詩，凡四十韻。〉）〔註42〕——（卷18，頁903～907）

字，楊倫注解爲「隨意付與」之意，頁345。

〔註42〕此詩以楊倫《杜詩鏡銓》本和仇兆鰲《杜詩詳注》本來看，內容都有四十二韻，題目上卻只題爲「凡四十韻」。

（2）都、湖、儒、途、紆、菰、隅、珠、徂、桴、誅、孤。（〈舟
中出江陵南浦奉寄鄭少尹審〉）──（卷 19，頁 938～939）

（3）湖、艫、蒲、無、塗、孤、梧、圖、虞、鑪、吳、烏。（〈過
南岳入洞庭湖〉）──（卷 19，頁 954～955）

（4）蘇、鑪、湖、呼、枯、須、途、夫、驅、隅。（〈北風〉）──
──（卷 19，頁 971）

3. 十灰韻

（1）材、陪、臺、開、催、來、雷、回、猜、哉、頹、梅、腮、
胎、哀、杯、咍、該、萊、才、台、災、徊、魁、摧、推、
恢、媒、坏、灰。（〈秋日荊南述懷三十韻〉）──（卷 19，頁 927
～930）

（2）來、埃、灰、臺、迴、哀。（〈千秋節有感二首之一〉）──（卷
20，頁 984）

（二）下平聲

1. 一先韻〔註43〕

（1）川、邊、牽、船、賢、前。（〈行次古城店汎江作，不揆鄙拙，
奉呈江陵幕府諸公〉）──（卷 18，頁 910～911）

（2）憐、傳、年、泉、邊、筵。（〈奉送蘇州李二十五長史丈之任〉）
──（卷 18，頁 912～913）

（3）年、船、泉、然、騫、傳、懸、偏、天、邊。（〈哭李尚書之
芳〉）──（卷 19，頁 936～937）

（4）煙、船、緣、憐、然、錢、年。（〈清明二首之一〉）──（卷
19，頁 969）

（5）天、年、偏、賢、船、綿、煎、巔、牽、然、椽、焉、連、
泉。（〈回棹〉）──（卷 19，頁 977～978）

〔註43〕〈夏夜李尚書筵，送宇文石首赴縣聯句〉，雖然也是一先韻的排律，
但是因為此詩乃杜甫與李尚書、崔彧等三人的聯句創作，故筆者將
其排除在比較分析之外。

（6）年、旋、邊、然、纏、綿、憐、懸、傳、賢、天、前、蟬、
船、牽、篇、權、全。（《哭韋大夫之晉》）——（卷 20，頁 980
～981）

2. 七陽韻

（1）房、檣、涼、芒、長、裳、狂、囊、瘡、場、蒼、忘。（《遣
悶》）——（卷 19，頁 923～924）

（2）鄉、旁、長、檣、行、將。（《冬晚送長孫漸舍人歸州》）——（卷
20，頁 1002～1003）

（3）湘、綱、防、裝、長、將。（《送魏二十四司直充嶺南掌選崔郎
中判官兼寄韋韶州》）——（卷 20，頁 1015）

3. 十二侵韻

（1）深、岑、林、音、心、琴、襟。（《過津口》）——（卷 19，頁
961～962）

（2）琴、心、侵、參、襟、陰、岑、淫、禽、禁、森、簪、歆、
欽、琛、針、琳、砧、吟、沉、金、尋、涔、林、音、鐔、
岑、潯、駸、臨、擒、深、箴、今、任、霖。（《風疾舟中，
伏枕書懷三十六韻，奉呈湖南親友》）——（卷 20，頁 1030～1034）

　　由以上所列的排律韻腳字中，我們可以發現，杜甫在前述律詩中
所表現的兩種特有現象，在排律中也有類似傾向，當然也並不能說是
完全相同，不過這個不同，我們只能說它是一種自然現象，如何說呢？
排律因為篇幅上的關係，比律詩需要使用更大量的韻腳字，因此其所
使用到的韻腳字，當然會比律詩中所使用到的多出不少，所以在排律
中，我們會看到很多在律詩中沒有出現過的韻腳字。

　　上段所述的不同，既然只是自然現象，姑且不再作討論，至於其
類似的傾向呢？杜甫在排律韻腳字的選擇習慣上，可能是為了更充分
自由的表達，其韻腳字的重複性不及律詩，但是仍然有偏高傾向，譬
如前面所列中的上平四支韻之「悲」，在四首之中使用三次，其餘「詩」

「心」、「時」、「淄」、「疑」、「墀」、「期」、「期」等字各使用兩次；上平七虞韻之「湖」，在四首之中使用四次，「途」、「隅」、「孤」、「鑪」等字各使用三次，而其餘的「珠」、「枯」、「無」、「須」、「紆」、「蒲」、「烏」、「都」、「蘇」、「儒」、「圖」、「梧」、「塗」、「呼」、「誅」等字則各使用兩次；又下平一先韻之「船」、「年」在六首之中各使用五次，「邊」、「然」各使用四次，而「牽」、「賢」、「天」、「憐」、「傳」、「泉」等字各使用三次。

再者，杜甫在排律韻腳字的選擇上，也仍然和律詩一樣，習慣使用通俗字，尤其是那些不斷出現的字群字，也無一不是簡淺易懂的，而且其中有很多就是在律詩中不斷重複出現的字群字，譬如上平七虞韻的「孤」、「無」、「儒」、「湖」；下平一先韻的「船」「邊」「賢」「天」等便是。

三、古詩

古詩的用韻和近體詩不同，近體詩只能用上、下平聲的三十個韻作韻腳，而且在同一首詩中，必須一韻到底，不能換韻；但是在古詩中，即使是在同一首詩中，也可以自由使用平上去入各韻，而且可以通押，可以換韻。杜甫在古詩的用韻上，顯然比近體詩來得多變化，在同一首詩中，他有時候全部使用平聲，有時候全部使用仄聲，有時候平聲、仄聲兼用，有時候使用通押，可以說是極盡其靈巧之思，茲為明白其情況，試以分類的方式加以分析之。

（一）全部使用平聲

（1）之、詩、時、芝、絲、悲、遲。（〈蘇大侍御訪江浦賦八韻記異〉〔註44〕）——（卷20，頁992～993）

（2）紆、湖、爐、珠、俱、烏、無、扶、誅、腴、呼、軀、圖、孤、于、夫。（〈岳麓山道林二寺行〉〔註45〕）——（卷19，頁

〔註44〕全詩韻腳為上平四支韻。
〔註45〕全詩韻腳為上平七虞韻。

966～968）

（3）難、寒、安、單、歡、殘、餐、寬、槃、端。（〈別董頲〉〔註46〕）──（卷19，頁949）

（4）川、筵、年、宣、賢、堅、前、纏、然、湲、天、煙、旋、田、巓。（〈湘江宴餞裴二端公赴道州〉〔註47〕）──（卷20，頁979～980）

（5）濤、高、操、勞、曹、號、刀、蒿、嗷、逃、袍。（〈遣遇〉〔註48〕）──（卷19，頁959）

（6）王、方、香、亡、湘、旁、昂、望、翔、霜、岡、堂、皇、祥。（〈望岳〉〔註49〕）──（卷19，頁974～975）

（7）王、狂、堨、湯、綱、將、方、牆、常、防、傷、裳、莊、殃、蒼、湘、茫、狼、瘡、旁、昂、商、妨、腸、篁、陽、香、隍、廊、霜、觴、黃、良、強、臧、當、航、涼、光、行、長、凰、房、翔。（〈入衡州〉〔註50〕）──（卷20，頁1020～1023）

（8）生、明、城、衡、清、行。（〈送覃二判官〉〔註51〕）──（卷19，頁946）

（9）程、聲、驚、成、征、情。（〈早行〉〔註52〕）──（卷19，頁961）

以上九首詩，每一首都是一韻到底，因此乍看之下會以爲是排律，但是仔細檢視它們的平仄，則異於排律的平仄規律，因此理應歸在古詩範圍。又，由以上九首詩中，我們可以發現杜甫在此處仍然偏

〔註46〕全詩韻腳爲上平十四寒韻。
〔註47〕全詩韻腳爲下平一先韻。
〔註48〕全詩韻腳爲下平四豪韻。
〔註49〕全詩韻腳爲下平七陽韻。
〔註50〕全詩韻腳爲下平七陽韻。
〔註51〕全詩韻腳爲下平八庚韻。
〔註52〕全詩韻腳爲下平八庚韻。

愛使用寬韻，而其所選擇的韻腳字，也還是那些經常在律詩和排律的韻腳字中出現之字。

（二）全部使用仄聲

杜甫在仄聲韻腳字的使用中，有時候也採取全上、全去的書寫方式，而且一韻到底。譬如：

1. 全詩為上聲者

   （1）舸、麼、坐、墮、鎖、火、娜、可、我、左、果、柁。（〈憶昔行〉〔註53〕）──（卷18，頁917～918）

   （2）後、有、斗、守、口、取、久、手、走、偶、朽、叟、狗、柳、首。（〈奉贈李八丈曛判官〉〔註54〕）──（卷20，頁995～996）

   （3）渺、紹、表、小、渼、旐、悄、矯、醥、趙、擾、少、沼。（〈聶耒陽以僕阻水，書致酒肉，療饑荒江，詩得代懷，興盡本韻，至縣呈聶令〉〔註55〕）──（卷20，頁1028～1029）

2. 全詩為去聲者

   （1）眺、妙、峭、照、嘯、徼、誚、要。（〈次空靈岸〉〔註56〕）──（卷19，頁962）

   （2）戍、樹、暮、互、數、路、注、固、度、賦。（〈宿花石戍〉〔註57〕）──（卷19，頁962～963）

   （3）濟、細、蒂、泥、計、替。（〈解憂〉〔註58〕）──（卷19，頁959～960）

   （4）壯、狀、上、當、悵、放。（〈次晚洲〉〔註59〕）──（卷19，

〔註53〕全詩韻腳為上聲十二哿韻。
〔註54〕全詩韻腳為上聲二十五有韻。
〔註55〕全詩韻腳為上聲十七篠韻。
〔註56〕全詩韻腳為去聲十八嘯韻。
〔註57〕全詩韻腳為去聲七遇韻。
〔註58〕全詩韻腳為去聲八霽韻。
〔註59〕全詩韻腳為去聲二十三漾韻。

頁 964～965）

（5）麗、繫、嘒、翳、惠、歲、繫。（〈宿鑿石浦〉〔註 60〕）——

（卷 19，頁 960）

（6）箭、見、戰、霰。（〈白馬〉）——（卷 20，頁 1023～1024）

以上兩種是除了全部都是平聲韻者之外，在古詩中也是屬於比較單純的押韻方式者，但是在杜甫此時期的古詩中，其實還有不少是複雜的混用形。譬如：

（三）韻腳為通押者

古詩的押韻，比近體詩來得自由，它有所謂通押情形。所謂通押，是說在一首詩中，以互相可以通轉的詩韻為韻腳，而不只是限制在本韻之中而已。他此時期有多首古詩，便是這種類型，譬如：

1. 以通轉的平聲為韻腳

（1）微、揮、歸、稀、衣、違、威、機、闈、非、旗、〔註61〕
圍、肥、輝、希、菲、薇、依、磯、飛。（〈送盧十四弟侍御
護韋尚書靈櫬歸上都二十四韻〉〔註62〕）——（卷 20，頁 990）

（2）人、津、親、身、眞、濱、麟、筋、珍、辛、鄰、申、陳、
旬、嗔、臣。（〈敬寄族弟唐十八使君〉〔註63〕）——（卷 18，
頁 908～909）

（3）中、弓、農、空、鴻、庸、銅、蒙、終。（〈歲晏行〉〔註64〕）
——（卷 19，頁 950～951）

以上三詩，雖然分別各有兩個可以通押的韻腳，不過情形很單純，第一首只有「旗」為上平四支韻，第二首只有「筋」為上平十二

〔註 60〕全詩韻腳為去聲八霽韻。

〔註 61〕此詩的平仄和對杖，全都符合排律的格律要求，其他的十九個韻腳字也都同屬於上平五微韻，但是「旗」字卻為通轉的上平四支韻，因此，仍將其歸入古詩類。

〔註 62〕此詩以楊倫《杜詩鏡銓》本和仇兆鰲《杜詩詳注》本來看，題目上雖然題為「二十四韻」，實際上內容都只有二十韻。

〔註 63〕此詩韻腳為上平十一眞韻和上平十二文韻。

〔註 64〕此詩韻腳為上平一東韻和上平二冬韻。

文韻，第三首只有「農」爲上平二冬韻。相對於這種簡單的通轉方式，以下的四首詩，雖然也是全詩都爲平聲，卻顯得較有技巧性。

(4) 機、爲、危、歸、啼、飛、微、非、時、司、持、施、茲、斯、池、詞。（〈詠懷二首之一〉）──（卷19，頁972～973）

(5) 歸、儀、期、遺、疵、池、枝、衣、微、芝、悲。（〈幽人〉）──（卷20，頁1000～1001）

(6) 初、躇、符、除、蕪、圖、駒、嶇、餘、諸、軀、湖、孤、魚、書、都、扶、須、枯、衢、如。（〈別張十三建封〉）──（卷20，頁996～998）

(7) 垂、之、饑、兒、詞、微、稀、遲、期、時、欺、卑、辭、宜、歸、螭、悲、霏、迤、飛、斯、疑、爲、枝、儀、離。
（〈奉送魏六丈佑少府之交廣〉）──（卷20，頁998～999）

上面四首詩，再也不只是單一字的通押而已，而是通押的兩個或三個韻的韻腳字，互相交叉出現。如第四首的「機」、「歸」、「飛」、「微」屬上平五微韻，「齊」屬上平八齊韻，交叉放置在其他的上平四支韻中；第五首的「歸」、「衣」、「微」屬上平五微韻，也交叉放置在其他的上平四支韻中；而第六首屬於上平六魚韻的「初」、「躇」、「除」、「餘」、「諸」、「魚」、「書」、「如」等字，也是和其他屬於七虞韻的諸字交互放置之；又第七首屬於上平五微韻的「微」、「稀」、「歸」、「霏」、「飛」等字，同樣也是以交叉放置的方式，與其他屬於上平四支韻的字一起出現在一首詩中。

2. 以通轉的仄聲爲韻腳

(1) 慕、暮、顧、素、寓、樹、度、具、務、數、柱、懼、住、路、騖、屢、怒、訴、屨、步。（〈詠懷二首之二〉）──（卷19，頁973～974）

(2) 病、併、正、命、映、醒、鏡、盛、淨、性、聘、柄。（〈早發〉）──（卷19，頁963～964）

(3) 悴、地、驫、至、次、二、字、祕、利、醉、寺、棄、轡、

墜、泗、器、位、躓、志、遂、意、崇、駛、吏、恣、餌、
使、試、異、致、鼻。(〈送顧八分文學適洪吉州〉) ——（卷 19，
頁 941〜942）

以上三首詩中的第一首，「杜」屬上聲七麌韻，「具」屬去聲七遇
韻；第二首中的「醒」屬去聲二十五徑韻，其餘則屬去聲二十四敬韻；
第三首中的「駛」屬上聲四紙韻，其餘則是屬於去聲四寘韻。

儘管以上的全詩為平聲、全詩為仄聲，以及全詩韻腳為通押者等
三大類，經過分析，都可明顯見出其複雜性了，然而杜甫此時期的古
詩韻腳，其實並不止於如此而已，它另外還有一類是既不是全平，又
不是全仄的平上去入混用型，以使詩歌的聲律起伏，更有鏗鏘之感。

（四）平上去入混用

（1）哀、才、開、徊、履、子、矣。(〈短歌行贈王郎司直〉) ——
（卷 18，頁 916〜917）

（2）柳、首、狀、上、深、心。(〈呀鶻行〉) ——（卷 19，頁 945
〜946）

（3）束、辱、哭、讀、玉、菊、燭、肉、速、人、巡、綸、臣、
振、春、比、市、几、起、水、死、扶、軀。(〈暮秋枉裴道
州手札，率爾遣興，寄遞近呈蘇渙侍御〉) ——（卷 20，頁 993〜995）

（4）出、膝、至、事、遠、遣、居、除。(〈清明〉) ——（卷 20，
頁 1011〜1012）

杜甫這類韻腳的古詩有很多，此處所舉只是其中四首。第一首比
較簡單，它的前四字屬上平十灰韻，後四字屬上聲四紙韻；第二首則
是兩字一韻，前二字屬上聲二十五有韻，中間二字屬去聲二十三漾
韻，後二字屬下平十二侵韻；第三首便更富變化了，共可分為四個部
分，前一個部分「束」、「辱」、「玉」、「燭」為入聲二沃韻，「哭」、「讀」、
「菊」、「肉」、「速」為可通押的入聲一屋韻，次一個部分從「人」到
「春」屬上平十一眞韻，第三部分從「比」到「死」屬上聲四紙韻，
第四部分的「扶」、「軀」屬上平七虞韻；而第四首又更具有變化的美

感，因為它統括了平上去入四聲，也可分為四個部分，第一部分「出」、「膝」屬入聲四質韻，第二部分「至」、「事」屬去聲四寘韻，第三部分「遠」屬上聲十三阮韻、「遣」屬上聲十六銑韻，第四部分「居」、「魚」屬上平六魚韻。

　　杜甫此時期的詩歌韻腳分析至此，已大致讓我們領會到，他在創作詩歌時，在韻腳的選擇與使用方面，絕對是一種有意識的安排，而非隨意的巧合而已。

第七章　詩歌修辭藝術

　　杜甫對詩歌的鍊字造句技巧，一向爲人稱道，也是研究他詩歌的人，非常留心想去探討之其中一個環節。他晚年詩歌，雖然曾經被黎靖德批評爲「詩都啞了」，〔註1〕但是，詩歌字字切響固然是好，詩都啞了也未嘗不是一種個人特殊風格的表現。要之，一首詩歌的產生，除非是爲賦新詞強說愁，不然，作者感於周遭人事物變化，情動於中，發而爲言，以抒發內心萬般無奈之眞情時，還是以能傳達眞情爲第一要務，是否能字字切響，相對之下只能說是次要。

　　詩人自出江陵以後，三年之間，無一日不是生活在貧病交加，流離奔波之中，席不暇暖，朝不保夕，他內心實有無限情非得已之苦痛，創作詩歌對當時的他來說，並不是爲了盛名，爲了傳世，而是爲了抒發內心哀傷的情感，甚至是利用詩歌來作爲與他人互動之橋樑，向別人求取生活資助。

　　爲此，他此時期的詩歌，找不到華麗的色彩，沒有清脆的樂音，更沒有飛揚輕快的情感，它所有的，是晦闇、是懟怨、是沉重，而這些是他這一段生命歷程的的實錄，即使是啞了的，也值得身爲後代的我們，抱持一種悲憫的情懷來看待他，爲他雖身處亂世，卻仍有勇氣

〔註1〕見《古典文學研究資料彙編‧杜甫卷》上編唐宋之部第三冊，黎靖德：「杜子美晚年詩都不可曉。呂居仁嘗言：詩字字要響，其晚年詩都啞了，不知是如何以爲好否。」頁658。

全力去爭取生存機會而喝采。要而言之，詩人此時期的詩歌，其修辭藝術可以分爲幾方面來觀察。

第一節　對偶句的組織風貌

今人李道顯〈杜甫詩的特質與格律〉，[註2] 對我國對偶句的起源和發展，有一段精要介紹，他說：我國文字，每個字的形音義各自獨立，且三者俱全，這種文字特色，使中國遠自詩經時代起，即有對偶的句型。遞至六朝，駢儷之風大盛，詩文中的駢偶句，俯拾皆是。初唐上官儀集前人之大成，在其《說詩》一書中，列對偶爲八類，即的名對、異名對、雙聲對、疊韻對、聯綿對、雙擬對、回文對，隔句對等等，嗣後元兢、崔融、釋皎然等人又有所新創，大致上大同小異，殆不出名詞、動詞、形容詞、副詞、介繫詞、方位詞等互相對偶。

當然，上官儀除了有八對之說外，我們知道他還有六對之說，他說：「一曰正名對，天地日月是也；二曰同類對，花葉草芽是也；三曰連珠對，蕭蕭赫赫是也；四曰雙聲對，黃槐綠柳是也；五曰疊韻對，彷徨放曠是也；六曰雙擬對，春樹秋池是也。」所謂的六對、八對，很明顯其內容是有很大重複性的。

而若我們取上面所談及之各種對偶方法，來檢視杜甫此時期詩歌，我們會發現，他在對偶方法之使用上，所用及的對偶方法也是不少，譬如：

正名對——日月籠中鳥，乾坤水上萍。

（〈衡州送李大夫七丈勉赴廣州〉）——（卷19，頁976）

同類對——翠牙穿裛蔣，碧節吐寒蒲。

（〈過南岳入洞庭湖〉）——（卷19，頁955）

異類對——花葉惟天意，江溪共石根。早霞隨類影，寒水各依痕。（〈冬深〉）——（卷19，頁948）

〔註2〕李道顯：〈杜甫詩的特質與格律〉《書和人》，第三八四期，1980年3月1日。總頁數3069。

雙聲對——但驚飛熠燿，不記改蟾蜍。

（〈秋日荊南送石首薛明府辭滿告別，奉寄薛尚書頌德敘懷斐然之作

三十韻〉）——（卷 19，頁 933）

疊韻對——雨急青楓暮，雲深黑水遙。

（〈歸夢〉）——（卷 19，頁 954）

雙擬對——春宅棄汝去，秋帆催客歸。庭蔬猶在眼，浦浪

已吹衣。（〈登舟將適漢陽〉）——（卷 20，頁 989）

聯綿對——真成窮轍鮒，或似喪家狗。

（〈奉贈李八丈曛判官〉）——（卷 20，頁 996）

不過，雖然詩人曾使用以上各種對偶方法，但是，其使用次數和數量
都極有限，不能形成此時期對偶特色。至於其不斷反覆使用，而大量
出現在詩歌中，並共同構成此時期對偶特色的，大約有連珠對偶、方
位對偶、數字對偶、地名對偶和人名對偶等。

壹、連珠對偶

杜甫一向喜歡以疊字來表現詩歌中之時間、空間、視覺、聽覺、
動作、數量、狀態、情感等種種意涵，而此時期的他，更尤喜將此種
疊字方式放入對偶句中，形成連珠對，以交錯表現以上種種意涵。譬
如：

（一）表現時間

吹帽時時落，維舟日日孤。

（〈纜船苦風，戲題四韻，奉簡鄭十三判官泛〉）——（卷 19，頁 952）

用「時時」、「日日」，來表現他在飛雪滿天的冬天裡，每天無時無刻，
不和北風搏鬥，繫繩纜船的苦況。

（二）表現空間

饑藉家家米，愁徵處處杯。

（〈秋日荊南述懷三十韻〉）——（卷 19，頁 929）

用「家家」、「處處」，來表現地點的轉換，形容他無論到哪裡，都得
四處奔走求食的悲慘情況。

悠悠回赤壁，浩浩略蒼梧。

（〈過南岳入洞庭湖〉）──（卷 19，頁 955）

用「悠悠」、「浩浩」，來表現他當時在浩蕩廣闊的洞庭湖中，遠眺赤壁和蒼梧時的縹緲心情。

（三）表現時間和空間

年年非故物，處處是窮途。（〈地隅〉）──（卷 19，頁 936）

遲遲戀屈宋，渺渺臥荊衡。（〈送覃二判官〉）──（卷 19，頁 946）

漠漠舊京遠，遲遲歸路賒。（〈入喬口〉）──（卷 19，頁 965）

以上三對偶句中的「年年」、「遲遲」、「遲遲」，分別表示時間，詩人用它們來表現時間不斷過去，歸鄉的日子卻仍然遙遙無期的情狀；而「處處」、「渺渺」、「漠漠」，則分別和時間相配合，來表現他身處異鄉，日久還逗留不得去的落拓。

（四）數量

雙雙瞻客上，一一背人飛。（〈歸雁二首之一〉）──（卷 20，頁 1017）

烏几重重縛，鶉衣寸寸針。（〈風疾舟中，伏枕書懷三十六韻，奉呈湖南親友〉）──（卷 20，頁 1032）

「雙雙」、「一一」、「重重」、「寸寸」都是數量詞。前二者杜甫用它們來形容望雁北歸，而自己卻歸不得的悵惘；後二者杜甫則用它們來形容自己衣食困頓的窘態。

（五）表現視覺和重量

闇闇書籍滿，輕輕花絮飛。（〈宴胡侍御書堂〉）──（卷 18，頁 911）

碧窗宿霧濛濛濕，朱栱浮雲細細輕。（〈江陵節度陽城郡王新樓成，王請嚴侍御判官賦四字句，同作〉）──（卷 19，頁 925）

上句以「闇闇」來表達他看到眼前日色漸暗，及看到胡侍御家書籍的眾多；又用「輕輕」來表現暮春花絮被風一吹，不斷飛落的情態；下句用「濛濛」來形容他所看到的，碧窗上潮濕的霧氣；又用「細細」

來形容浮雲輕輕飄游在朱栱上的悠閒。

（六）表現聽覺和狀態

城烏啼眇眇，野鷺宿娟娟。（〈舟月對驛近寺〉）——（卷 19，頁
925）

用「眇眇」來形容靜夜裡，城烏的啼聲悠遠而微，又用「娟娟」來形
容野鷺夜裡成群露宿的可愛模樣。

（七）表現動作

沄沄逆素浪，落落展清眺。（〈次空靈岸〉）——（卷 19，頁 962）

這裡的「沄沄」和「落落」，很明顯地，詩人用來形容逆水上行，以
及展眼遠眺時的動作，因而有動作的意涵在內。

（八）表現情感

敫敫幽曠心，拳拳異平素。（〈詠懷二首之二〉）——（卷 19，頁
973）

歎我悽悽求友篇，感君鬱鬱匡時略。（〈追酬故高蜀州人日見寄
并序〉）——（卷 20，頁 1006）

上面二詩的偶句，「敫敫」、「拳拳」、「悽悽」、「鬱鬱」，都是杜甫用來
形容內心情感的形容詞。

（九）表現情感和狀態

孤舟增鬱鬱，僻路殊悄悄。（〈聶耒陽以僕阻水，書致酒肉，療饑
荒江，詩得代懷，興盡本韻，至縣呈聶令。陸路去方田驛四十里，舟
行一日，時屬江漲，泊於方田〉）——（卷 20，頁 1028）

轉蓬憂悄悄，行藥病涔涔。（〈風疾舟中，伏枕書懷三十六韻，奉
呈湖南親友〉）——（卷 20，頁 1032）

上面二詩的對偶句，前一首的「鬱鬱」明顯是杜甫在發抒內心的鬱悶
之情，而「悄悄」則是在形容荒僻道路，其四周一片寂靜無聲之狀。
而後一首的「悄悄」，杜甫則用來形容憂傷的心情，「涔涔」卻是用來
形容服藥之後，藥氣在體內發生作用時的狀態。

正如以上所分析，杜甫善用各種不同詞性的動詞、形容詞、副詞、名詞之字，以疊字方式，將其運用在對偶句中，而成為連珠對，讓它們發揮出不同的形容作用，來表達他想要表達的意念與想法。

貳、方位對偶

杜甫在此時期，因為有一段長時間，經常陷於或北歸，或東逝，或南征的矛盾中，為此，在他的詩歌中，出現不少記錄方位的詩句，如〈泊岳陽城下〉「圖南未可料，變化有鵾鵬」（卷19，頁951）、〈小寒食舟中作〉「雲白山青萬餘里，愁看直北是長安」（卷20，頁1018）、〈江閣對雨，有懷行營裴二端公〉「南紀風濤壯，陰晴屢不分」（卷20，頁1026）、〈暮秋將歸秦，留別湖南幕府親友〉「北歸衝雨雪，誰憫敝貂裘」（卷20，頁1029）等，信手翻閱，幾乎隨處可見。

而除此簡單記錄方位之詩句外，詩人更將此記錄方位之方式，用在對偶句中，以表達他當時的各種複雜心境。

（一）該往何處去的矛盾

南渡桂水闕舟楫，北歸秦川多鼓鞞。

（〈暮歸〉）——（卷19，頁934）

南征問懸榻，東逝想乘桴。

（〈舟中出江陵南浦，奉寄鄭少尹審〉）——（卷19，頁939）

南紀連銅柱，西江接錦城。

（〈公安送李二十九弟晉肅入蜀，余下沔鄂〉）——（卷19，頁947）

上面三段詩句，共出現四個方位，即北方、東方、南方和西方，除了西方的「錦城」，是當時李晉肅將前往之地外，其餘的三個方向，北方是杜甫的家鄉，也是朝廷的所在地，他當然夢寐以求想要回去；而東方呢？雖然杜甫一再想要前往的真正原因不明，但是據詩家們揣測，可能是他有弟弟居於此，故杜甫想前往拜訪；〔註3〕至於南方，

〔註3〕仇兆鰲：《杜詩詳注》卷22，引黃生注：「柴桑，在江州。前詩云『江州涕不禁』，豈公有弟客此，而欲訪之耶？又詩『九江春色外，三峽暮帆前』知公久有此興，或此行終不果耳。」見〈公安送李二十九

則是杜甫在南征、東逝都無法如願下的不得已選擇，也是惟一他有眞正走過的路。在前二組中，他在南渡、北歸、南征、東逝矛盾中擺盪的心，藉由方位對偶的方式來表達，正好適切地反映出他當時的心境。至於其第三組對偶中的「南紀連銅柱」，由詩中之意，我們可以想像，當時他決定由沔鄂東下的心一定是很堅定的，但是由事後卻直接南至岳陽，而非東下沔鄂看來，杜甫此時期心境複雜與多變之程度，可能詩歌中記錄者只及其二、三而已。

（二）身困荊衡的無奈

南客瀟湘外，西戎鄠杜旁。

（〈冬晚送長孫漸舍人歸州〉）——（卷 20，頁 1002）

北走關山開雨雪，南遊花柳塞雲煙。

（〈贈韋七贊善〉）——（卷 20，頁 1019）

上面二組對偶，前面一組對偶，詩人以南客自稱，感慨因爲西方吐蕃屢寇，使得自己羈留瀟湘不能歸；而後面一組對偶，他送韋贊善至長安，感嘆自己與韋贊善家世背景相當，兩人卻一去一留，命運大不相同，他以「北走」和「開」來表現韋贊善此去長安之後，前途的光明遠大，而以「南遊」和「塞」來哀傷自己困居荊衡的無可奈何。

（三）表白對朝廷的忠誠

南圖卷雲水，北拱戴霄漢。

（〈舟中苦熱遣懷，奉呈陽中丞，通簡臺省諸公〉）——（卷 20，頁 1025）

遙拱北辰纏寇盜，欲傾東海洗乾坤。

邊塞西蕃最充斥，衣冠南渡多崩奔。

（〈追酬故高蜀州人日見寄并序〉）——（卷 20，頁 1006～1007）

以上二組對偶句，前一組表現出自己義氣森然之憤慨，詩人奉呈衡州陽中丞，激勵他應該決意連帥討伐臧玠，以南靖湖湘、北尊天子。後一組東西南北四句，詩人以高適所寄詩中語「愧爾東西南北人」一句

弟晉肅入蜀，余下沔鄂〉，頁 1934。

衍成，而恰能巧妙貼合當時北方叛將外夷侵凌，西方羌戎吐蕃屢寇，而冠帶士族則盡投荊南之時事，當此亂局，詩人用「遙拱北辰」和「傾東海洗乾坤」，來表白對朝廷的一片赤心，除了句法特殊外，更讓我們看出其儒生的風範。

參、數字對偶

　　與方位一樣，杜甫的詩句中，有許多以數字構成的句子，譬如：〈江邊星月二首之一〉「緣空一鏡升」（卷19，頁924）、〈書堂飲既夜，復邀李尙書下馬月下，賦絕句〉「遮莫鄰雞下五更」（卷18，頁912）、〈醉歌行贈公安顏少府，請顧八題壁〉「是日霜風凍七澤」（卷18，頁940）、〈送顧八分文學適洪吉州〉「八分蓋憔悴」（卷19，頁941）、〈發劉郎浦〉「十日北風風未迴」（卷19，頁949）等，而同樣地，此時期他也有許多以數字組成對偶的對偶句，其數量比方位對偶句還多，而其數字在他互相交錯搭配之下，顯得很有變化性。

　　（一）與「一」搭配的偶句
　　一毛生鳳穴，三尺獻龍泉。

　　　　（〈奉送蘇州李二十五長史丈之任〉）——（卷18，頁912）

　　偷生惟一老，伐叛已三朝。（〈歸夢〉）——（卷19，頁954）

上面二組對偶句，前一組中的「一毛」比喻超群特出，「鳳穴」比喻高貴的家世，「三尺」指劍、「龍泉」爲劍名，詩人用此來形容李二十五長史丈的家世才華；後一組他則用來感嘆自己在玄宗、肅宗、代宗三朝伐叛無功之下，只有在日漸老去中苟且偷生。

　　（二）與「二」搭配的偶句
　　二儀清濁還高下，三伏炎蒸定有無。

　　　　（〈又作此奉衞王〉）——（卷19，頁926）

　　萬姓悲赤子，兩宮棄紫微。（〈詠懷二首之一〉）——（卷19，頁972）

上面兩組偶句，前一組詩中的「二儀」指天地，「三伏」指炎熱之氣，

詩人用此來頌讚江陵節度使陽城郡王新樓落成，仇兆鰲和黃生注此
二句說，新樓極高，登樓曠望，終於可以還出天地的高下，樓上最
涼，即使是在炎熱的三伏天，也覺得非常清爽。後一組詩中的「萬
姓」指老百姓，「兩宮」指玄肅二宗，杜甫用它來形容安史之亂發生
後，百姓四處逃亡，像赤子般悲嚎，而玄肅二宗也由皇宮逃出，幸駕
他處。

（三）與「三」搭配的偶句

皇輿三極北，身事五湖南。(〈樓上〉) ──（卷20，頁983～984）

爾家最近魁三象，時論同歸尺五天。

(〈贈韋七贊善〉) ──（卷20，頁1019）

上面二組對偶句，前面一組杜甫以它來感嘆自己登樓遠望，心在北方
的皇闕，而身卻在五湖之南的難堪；第二組則是他用來形容自己的杜
氏，和韋贊善的韋氏二家，在當時人才輩出，很多都位居朝廷宰相之
顯赫。

杜甫有時將「三」放在出句，而以其他數字來搭配作為對句，但
是有更多時候，他將「三」放在對句，譬如以下：

選曹分五嶺，使者歷三湘。(〈送魏二十四司直充嶺南掌選崔郎中
判官兼寄韋韶州〉) ──（卷20，頁1015）

九鑽巴噀火，三蟄楚祠雷。(〈秋日荊南述懷三十韻〉) ──（卷
19，頁927）

九州兵革浩茫茫，三歎聚散當重陽。(〈惜別行送劉僕射判官〉)
──（卷20，頁987）

十暑岷山葛，三霜楚戶砧。(〈風疾舟中，伏枕書懷三十六韻，奉
呈湖南親友〉) ──（卷20，頁1032）

萬里魚龍伏，三更鳥獸呼。(〈北風〉) ──（卷19，頁971）

以上詩人以五、九、十、萬等數字，來搭配「三」。第一組裡用「五
嶺」、「三湘」來記錄地方；第二組裡用「九鑽」表示九年，「三蟄」
表示三年，感嘆自己往來兩川九年，其中客夔州三年；第三組裡用「九

州」、「三歎」來表示國內烽火滿天，而和好友當此亂世中的佳節，也只能徒歎聚散匆匆；第四組裡他以「十暑」表示十年、「三霜」表示三年，感嘆自己從乾元二年入蜀，到大曆三年出峽已有十年，而自大曆三年至今五年，又已經有三年時間；至於第五組，他乃以完全比喻的方式，由正面寫北風的強勁之勢，「萬里」和「三更」，讓我們似乎也領略到漫天蓋地、夜以繼日，北風不斷呼號的景象。

（四）與「五」搭配的偶句

五雲高太甲，六月曠摶扶。（〈大曆三年春，白帝城放船出瞿唐峽，久居夔府，將適江陵，漂泊有詩，凡四十韻〉）——（卷18，頁907）

由前面與「三」搭配的偶句中，我們可以看出，詩人喜用「五」和「三」相搭配，至於「五」呢？在此時期的詩歌中，只出現一句「五」與其他數字搭配的詩句，即上引之例，他在此也以用典方式，融合莊子〈逍遙遊〉中鵬徙於南溟，摶扶搖而上者九萬里，去以六月息的寓言，來表達自己為崔旰亂蜀之故，而不得不決然去蜀時的茫然，因為北望帝廷如五雲太甲渺然，而效法鵬摶南溟，也只能姑且作長往之計。

（六）與「七」搭配的偶句

劇孟七國畏，馬卿四賦良。（〈入衡州〉）——（卷20，頁1022）

上面這組偶句頗為特別，因為他用典故中有數字者來連串而成。他用漢朝劇孟比喻蘇渙的少喜剽盜，用司馬相如比喻蘇渙的善詩，二句統用來讚美蘇渙的才幹。

（六）與「十」搭配的偶句

十年嬰藥餌，萬里狎樵漁。（〈秋日荊南送石首薛明府辭滿告別，奉寄薛尚書頌德敘懷斐然之作三十韻〉）——（卷19，頁933）

十年蹴踘將雛遠，萬里鞦韆習俗同。（〈清明二首之二〉）——（卷19，頁969～970）

十年殺氣盛，六合人煙稀。（〈北風〉）——（卷20，頁1000）

「十」與「萬」是我們經常可以在詩歌中看到的數字搭配，在此，詩人用它們來表示時間和空間，正好貼切符合他當時長期以來羈留遙遠

異鄉的狀況。至於和「六」的搭配,「六合」在此處,他所要表現的也是一個天地四方的空間,而與前二組以時間、空間表達當時境況的意涵相同。

（七）與「千」搭配的偶句

千崖無人萬壑靜,三步回頭五步坐。(〈憶昔行〉) ── (卷18,頁917)

畏人千里井,問俗九州箴。(〈風疾舟中,伏枕書懷三十六韻,奉呈湖南親友〉) ── (卷20,頁1033)

上面兩組偶句中的前一組,其對偶頗為精巧,因為兩句中就有五個數字,分別是出句的「千」、「無」、「萬」三個數字,和對句的「三」、「五」兩個數字,詩人用它來回憶他以前入到王屋山求仙的經過;而後一組則是他在艱困已極時刻,慨嘆自己投足多艱,到處可憂的遭遇。

以上便是杜甫用數字來組成對偶句的情形,下面我們再來分析他以地名組成對偶句的各種樣態。

肆、地理名稱對偶

杜甫在使用地理名稱作為對偶句時,有一個很大的共同特色,即喜歡作一種飛躍式的跨越,也就是說,其出句和對句的地理位置,有許多都是相距遙遠的兩地,因此此類對偶句都顯得有寬闊的立體空間感。

而除此一共同特色之外,詩人此類對偶句,也有其變化的技巧,譬如有時候其所指為某一個確定的小定點,有時候則為一個廣袤的大地區,而有時候,他則將這兩種情況合在一起,也就是說,一組偶句當中,有一句為確定的小定點,另一句則為某個廣袤的大地區者。又,他有時候用地名來與地名對,水名來與水名對,但有時候,則很自由的用地名與水名來對,甚至用地名與人名來對,而因為有諸如此類的種種變化,所以更使得他的地理名稱之對偶,顯得頗有興味。

（一）確指某個小定點的偶句

鹿角眞走險，狼頭如跋胡。(〈大曆三年春，白帝城放船出瞿唐峽，

久居夔府，將適江陵，漂泊有詩，凡四十韻〉)──（卷 18，頁 904）

楊倫引原注說：「鹿角、狼頭，二灘名」，又引《一統志》說：「鹿角、
狼尾、虎頭三灘，在夷陵州最險。」並引《水經注》說：「江水又東
逕流頭灘，其水並浚激奔暴，魚鱉所不能遊，行者常苦之。」由此可
知鹿角與狼頭是兩個有確定地點的地名。另外又如：

午辭空靈岑，夕得花石戍。(〈宿花石戍〉)──（卷 19，頁 962）

「空靈岸」，楊倫引蔡曰：「空靈當作空舲，刀筆誤耳。」又引《一統
志》說：「空舲岸在湘潭縣西一百六十里。」至於「花石戍」，楊倫引
唐書說：「潭州長沙有淥口、花石二戍。」又引《一統志》說：「花石
城在長沙府湘潭縣西一百六十里。」由以上所引，我們也知道，此二
地也是兩個確指某地點的地名。另外，又如〈奉送蘇州李二十五長史
丈之任〉「赤壁浮春暮，姑蘇落海邊」（卷 18，頁 912～913）、〈別董
頲〉「漢陽頗寧靜，峴首試考槃」（卷 19，頁 949），也是有確定地點
的對偶句。

（二）指稱某兩個大地區的偶句

妖孽關東臭，兵戈隴右瘡。(〈遣悶〉)──（卷 19，頁 923）

選曹分五嶺，使者歷三湘。……故人湖外少，春日嶺南長。

（〈送魏二十四司直充嶺南掌選崔郎中判官兼寄韋韶州〉)──（卷
20，頁 1015）

前一組偶句，其因爲安祿山、史思明在關東一帶叛亂殺戮，吐蕃在隴
右一帶屢次入寇，而用此兩個地區，來指稱安史之亂和吐蕃之警；後
一組偶句，則以「五嶺」和「三湘」，來形容崔郎中和魏司直，爲朝
廷在此兩大地區甄拔賢才的情形，又以「湖外」、「嶺南」，泛指洞庭
湖之外、五嶺之南。楊倫引裴淵《廣州記》說：「大庾、始安、臨賀、
桂陽、揭陽爲五嶺。」〔註4〕又引《寰宇記》說：「湘潭、湘鄉、湘源，

〔註4〕見楊倫：《杜詩鏡銓・野望》卷20，頁965。

是爲三湘。」〔註5〕由上面我們知道以上杜甫所使用的地名，都是指稱大地區而言。

（三）一句確指某個小定點，一句則泛指某個大地區的偶句

杜甫這類句子所表現出來的空間感，當然比上面一、二種更有變化，譬如：

> 悠悠回赤壁，浩浩略蒼梧。（〈過南岳入洞庭湖〉）——（卷19，頁955）

「赤壁」是一個確指的定點，楊倫注引趙汸云：「赤壁在夏口之東，武昌之西。」至於「蒼梧」，楊倫在〈詠懷二首之二〉注中，引《山海經注》說：「長沙、零陵，古者總名其地爲蒼梧。」（卷19，頁973）：除此，其他如〈登岳陽樓〉的「昔聞洞庭水，今上岳陽樓。」（卷19，頁952）也是一個以小定點和一個大地區來對偶的例子。而除了這種地名與地名的對偶之外，他有時候也用水名對水名的方式，來組成對偶句。

（四）水名對水名的偶句

> 寺門高開洞庭野，殿腳插入赤沙湖。（〈岳麓山道林二寺行〉）
> ——（卷19，頁966）

> 卻過清渭影，高起洞庭羣。（〈歸雁二首之二〉）——（卷20，頁1017）

在前一組對偶中，「洞庭」指洞庭湖，而赤沙湖呢？楊倫注引《岳陽風土記》說：「赤沙湖在華容縣南，夏秋水漲，與洞庭湖通。」詩人用此二句來形容寺的綿亙高廣；而後一組中的「渭」指渭水，「洞庭」也是指洞庭湖，渭水在北方，洞庭湖在南方，他用此來形容雁子來回南北時所經過之地。其他，又如〈宿青草湖〉「洞庭猶在目，青草續爲名」（卷19，頁955）也是水名與水名對的偶句，「洞庭」當然也是指洞庭湖，而「青草」則是指青草湖。不過，詩人這種純粹水名與水

〔註5〕同上註，卷20〈送魏二十四司直充嶺南掌選崔郎中判官兼寄韋韶州〉，頁1015。

名來對偶的句子必竟不多，很明顯地，他還是偏好有變化性的對偶方式。

（五）地名對水名的偶句

杜甫此時期的這類偶句很多，其原因當然是因為當時的他，其每天所到及所見，幾乎都和水分不開的關係。譬如：

> 南岳自茲近，湘流東逝深。（〈過津口〉）——（卷 19，頁 961）
>
> 飄飄桂水遊，悵望蒼梧暮。（〈詠懷二首之二〉）——（卷 19，頁 973）

在前一組偶句中，他用「南岳」和「湘流」相對，因為他當時正一路溯湘水，由岳州要前往潭州途中，所以有此一感嘆身已在岳州之南，而又將更舟楫遠適的一地一水之對句；而後一組偶句，大約作於自潭州要前往衡州的途中，當時他仍然是溯著湘水〔註6〕南行，此時回頭一望，蒼梧已在背後，因而也有了此一水一地的對句。除此，其他如〈歸雁〉「見花辭漲海，避雪到羅浮」（卷 18，頁 915）、〈回棹〉「衡岳江湖大，蒸池疫癘偏。……清思漢水上，涼憶峴山巔」（卷 19，頁 978）、〈奉贈李八丈曛判官〉「秋枯洞庭石，風颯長安柳」（卷 20，頁 996）等，也都是一地一水的對偶句。

（六）地名對人名的偶句

這類是屬於比較特殊的，數量很少，不過既然存在，將其提出來加以討論以見之，更可以看出詩人靈活的創作技巧。譬如：

> 遲遲戀屈宋，渺渺臥荊衡。（〈送覃二判官〉）——（卷 19，頁 946）

這一組偶句，本身也是連珠對偶，而且借用屈原和宋玉滯留沅湘不得歸的典故，以喻自己臥病荊衡一帶的鬱悶，「屈宋」是人名，「荊衡」是地名，而杜甫卻把它們作了巧妙的對偶。又如：

〔註 6〕同註4，楊倫引朱注說：「元和郡國志：『桂江一名灕水，經臨桂縣東。』」楊倫又按說：「灕水與湘水同出今桂林府興安縣海陽山，灕南流而湘北流，灕水又名桂水。公時未嘗至桂林，而此云：飄飄桂水遊；他詩又云：桂水流向北，滿眼送波濤；蓋湘水自臨桂而來，亦得稱桂水也。」

隱居欲就廬山遠，麗藻初逢休上人。(〈留別公安大易沙門〉)

——(卷19，頁947)

這一組對偶的出句，他以「廬山遠」敘述出自己長時間以來，想至廬山隱居的心願，而對句則用來讚美詩僧大易沙門詩歌造詣的高超，故用「休上人」湯惠休比喻之。

除了以上我們所論及的連珠對偶、方位對偶、數字對偶和地理名稱對偶等四種之外，詩人此時期還有大量以人名來組成對偶句的句式，但是這種對偶和上述四種有一個很大的不同，即此種句式除了是對偶句的形構之外，它又是一種運用典故的詩歌創作技巧，為此，筆者除在此強調，此種以人名來組成對偶句的句式，也是他此時期對偶形構中的特色。

第二節　對比句的形式樣態

這類對比句式，在詩人此時期的詩歌中也時常出現，它們大部分以對偶句的面貌來呈現，但是其所涵的詩意，則異於一般對偶句，因為它們一定是兩個極端的、衝突的事件；又，它們具有各種不同的句式樣態，有時是一般最簡單的二句式對偶形式，有時是較複雜的四句式對偶形式，不過有時這種對比句式，則擴在全詩中，使全詩呈現一正一反的意象。

壹、二句式的對比

這種對比句式，是詩人三種對比句式樣態中最多的，譬如：

我甘多病老，子負憂世志。(〈送顧八分文學適洪吉州〉) ——(卷19，頁942)

後生血氣豪，舉動見老醜。(〈上水遣懷〉) ——(卷19，頁957)

垂翅徒衰老，先鞭不滯留。(〈重送劉十弟判官〉) ——(卷20，頁988)

揮手灑衰淚，仰看八尺軀。(〈別張十三建封〉) ——(卷20，頁

997）

對比句是最適合用來彰顯雙方對立狀態的一種句式，因此杜甫喜歡把它拿來用在酬贈詩中，將對方的昂揚和自己的衰頹，作對比的映照，一則因爲這是酬贈詩的禮貌應酬語，二則則是他想用此來抒發自憐的悲嘆之情。如以上的四組句子中，其中三組便是酬贈詩，而第二組雖然由詩題上看來好像不是，但它是詩人在回憶自己在應酬場上的遭遇，所以它也和其他三組一樣，一句述人，一句述己，述人時由正面來讚美對方，述己時由反面來謙稱自己，而從中彰顯雙方身分、地位，甚至生理、心理等各方面的懸殊差距。

　　杜甫除習慣拿友人來與自己作對比映照外，也會因景傷情，而情不自禁地取大自然的景物，來與自己作對比映照，譬如：

　　　　鬢毛垂領白，花蕊亞枝紅。（〈上巳日徐司錄林園宴集〉）──（卷18，頁911）

　　　　萬象皆春氣，孤槎自客星。（〈宿白沙驛〉）──（卷19，頁956）

在以上兩首詩中，上面一首詩，他以開得艷紅燦爛的花，來與自己滿頭雪白的鬢髮作對比，下面一首詩，則以充滿生機的春氣，來與孤單的自己做對比，其用意也無非是要強調自己的衰頹無助。至於下面的這一組詩句，它比較特殊，因爲它是對比句，而又以譬喻的方式來呈現：

　　　　鳥雀苦肥秋菽粟，蛟龍欲蟄寒沙水。（〈暮秋枉裴道州手札，率爾遣興，寄遞近呈蘇渙侍御〉）──（卷20，頁995）

表面上詩人好像是在講鳥雀因享受太多秋粟菽，而苦於過胖；蛟龍因不想騰躍，而欲伏蟄在寒沙水中，其實他乃是以此來諷刺當時尸位者多，以致使得賢者甘於隱去的社會怪現象。

貳、四句式的對比

　　這種四句式對比形式，杜甫有兩種表現的方法，第一種是第一、二句對比，第三、四句對比，四句合成一組；第二種則是第一、二句與第三、四句對比，也是四句合成一組，先分析第一種：

去年米貴闕軍食，今年米賤大傷農。

高馬達官厭酒肉，此輩杼柚茅茨空。

（〈歲晏行〉）──（卷 19，頁 950）

先朝常宴會，壯觀已塵埃。鳳紀編生日，龍池漸劫灰。

（〈千秋節有感二首之一〉）──（卷 20，頁 984）

上面一首，詩人用此來強烈表現當時社會經濟的極度不穩定，以及社
會貧富之間的懸殊差異；下面一首，他則用來追感玄宗朝時，雖然當
年的賜宴盛事，已編於帝紀之中，但是如今龍池王氣久已銷亡，壯觀
的景象也早化為塵埃，其今昔對比，繁華衰敗對比的意象極為明顯。
至於第二種：

劉侯奉使光推擇，滔滔才略滄溟窄。

杜陵老翁秋繫船，扶病相識長沙驛。

（〈惜別行送劉僕射判官〉）──（卷 20，頁 987）

佳士欣相識，慈顏望遠遊。甘從投轄飲，肯作致書郵。

（〈晚秋長沙蔡五侍御飲筵送殷六參軍歸澧州覲省〉）──（卷 20，
頁 990）

上面這兩首也都是酬贈詩，因此詩人一如他寫酬贈詩時的習慣，在此
處以二句述人，二句述己的方式表現之，而且也同樣的，用正面來讚
美對方，反面來謙稱自己。

參、全詩的對比

下面兩首詩是他此時期的對比句式中，最為特殊的兩首，因為整
首詩呈一正一反的對比現象。先分析第一首：

御氣雲樓敞，含風綵仗高。仙人張內樂，王母獻宮桃。

羅襪紅蕖艷，金羈白雪毛。舞階銜壽酒，走索背秋毫。

聖主他年貴，邊心此日勞。桂江流向北，滿眼送波濤。

（〈千秋節有感二首之二〉）──（卷 20，頁 984～985）

此首詩的前八句，全部用來形容當年玄宗聖誕千秋時，長安宮殿內外
的一片熱鬧滾滾，奢華舖張的場面，第九句和第十句本身即是一組偶

句也是對比句，其中第九句用來總承前八句玄宗奢華的部分，第十句開始，則用來下接後三句目前國家及自己的慘況，其全詩的創作技巧可說是極爲高水準的。至於下面這一首，其創作技巧也是有其獨特之處，詩人將全詩劃分爲兩大部分，前面二十句全部用來述人，後面十句則全部用來述己的寫作方式，也是在他眾多作品中少見的，我們先來看他如何述人：

> 我丈特英特，宗支神堯後。珊瑚市則無，騄驥人得有。
> 早年見標格，秀氣衝星斗。事業富清機，官曹貞獨守。
> 頃來樹嘉政，皆已傳眾口。艱難體貴安，冗長吾敢取。
> 區區猶歷試，炯炯更持久。討論實解頤，操割紛應手。
> 篋書積諷諫，宮闕限奔走。入幕未展材，秉鈞孰爲偶。

（〈奉贈李八丈曛判官〉）——（卷 20，頁 995～996）

仇兆鰲《杜詩詳注》把此二十句分爲三部分，來加以解說詩人的敘述筆法。第一部分從第一句到第八句，首先由李丈的姓氏「李」切入，而稱其與唐高祖的關係，這是贈言的一般書寫常規，在他的酬贈詩中，也經常可以看到這類筆法，其次以「珊瑚」、「騄驥」比李丈的高貴難得，又以「標格」、「秀氣」言李丈的才品不凡，並以「清機」、「獨守」轉入李丈的作官風格。第二部分從第九句到第十四句，這一部分承李丈「官曹貞獨守」的特點，而進一步誇讚李丈既能識治體，又能有定力。第三部分則又承李丈「事業富清機」的特點，一方面進一步讚美李丈的博通典故，練達時務，另一方面則爲李丈有如此多勝人之處，卻身居區區幕僚之職而抱屈。

現在我們再來看他如何述己：

> 所親問淹泊，泛愛惜衰朽。垂白亂南翁，委身希北叟。
> 真成窮轍鮒，或似喪家狗。秋枯洞庭石，風颯長沙柳。
> 高興激荊衡，知音爲回首。

（〈奉贈李八丈曛判官〉）——（卷 20，頁 995～996）

這首詩可以說是詩人酬贈詩的典型作品，他先從正面角度觀察李丈，盛讚李丈的種種長處，再以謙微的口氣，處處訴稱自己目前的困境。

首先他感謝李丈的肯伸出援手；其次用「亂南翁」、「希北叟」表明自己迫切想北歸的希望；再次用「窮轍鮒」、「喪家狗」形容自己窮困已極的程度；最後則表示自己值此衰朽之際，而作詩高歌聲徹，乃是爲感激李丈的知音之遇。

　　總此以上之所分析，至此我們已可以深刻了解杜甫此類對比句式的書寫方法矣。

第三節　典故的主事用詞

　　何謂典故，吾師張仁青教授說：「所謂典故，就是古代的事情，亦即歷史的事情，是以典故之定義，凡引證歷史中事實及前人言語入於詩者，都是典故，前者謂之『用事』，後者謂之『用詞』。」〔註7〕

　　杜甫詩歌的用典技巧，向來也是詩評家們注意的焦點，仇兆鰲引胡應麟的話說：「杜詩用事，門目甚多，姑舉人名一類。如『清新庾開府，俊逸鮑參軍』，正用者也。『聰明過管輅，尺牘倒陳遵』反用者也。『謝氏登山屐，陶公漉酒巾』，明用者也。『伏柱聞周史，乘槎似漢臣』，暗用者也。『舉天悲富駱，近代惜盧王』，並用者也。『高岑殊緩步，沉鮑得同行』，單用者也。『汲黯匡君切，廉頗出將頻』，分用者也。『共傳收庾信，不比得陳琳』，串用者也。……鍛煉精奇，含蓄深遠，迥出前代矣。」〔註8〕

　　我們若取胡應麟這段話，又用張師對典故定義的說法，來檢視詩人此時期的詩歌，那麼他此時期運用典故的概況，亦有可得而述者。

壹、引證歷史事實的主事

────────────

〔註7〕見張仁青師：〈高啓詩之用典藝術〉，《明代文學復古與革新研討會論文集》（香港・新亞研究所及香港・聯教中心合辦），頁3，2000年7月。

〔註8〕同註3，卷11〈奉和嚴中丞西城晚眺十韻〉，頁895。

　　杜甫此時期運用之典故，雖然也有如胡應麟所說的並用、單用、分用等詩句，但是這些畢竟數量很少，不能成為此時期特色，此時期他最經常使用的是明用、暗用和反用。

一、明用

詩人這類詩句不少，譬如：

> 喪亂秦公子，悲涼楚大夫。(〈地隅〉)──（卷 19，頁 936）

> 去國哀王粲，傷時哭賈生。(〈久客〉)──（卷 19，頁 947）

> 久為謝客尋幽慣，細學周顒免興孤。

> (〈岳麓山道林二寺行〉)──（卷 19，頁 968）

他運用以上三組用事典故，抒發自己的遭遇苦情。其中第一組中的「秦公子」，即指「王粲」，因為王粲家本秦川貴公子孫，遭亂流寓，自傷情多，〔註9〕因此他直接以秦公子稱王粲。又楚大夫指的是屈原，因他為楚國人，流放之前，曾仕於懷王為三閭大夫，故稱楚大夫。而第二組中的賈生即賈誼，他自傷為梁懷王太傅無狀，致梁懷王墮馬死，因而日夜啼哭。此組偶句，詩人還使用了倒裝句，把「哀」和「哭」兩個動詞，由第五字提到第三字，即把「去國王粲哀，傷時賈生哭。」句式，倒裝成「去國哀王粲，傷時哭賈生」而更見其「哀」與「哭」的極致程度。又第三組中的謝客指謝靈運，謝氏生於會稽，其家以子孫難得，送於錢塘杜明師養之，十五歲方還，故稱客兒。謝氏性好山水，肆意遊遨，詩人因以形容自己的久於江湖蕩遊。而周顒雖有妻子，卻在鍾山西邊立精舍，獨處山間，清貧寡欲，終日長蔬。〔註10〕杜甫遊道林二寺，想起南朝周顒的行蹟，不禁羨慕他有勘破喧囂紅塵的勇氣。

二、暗用

詩人此時期也有很多暗用的詩句，譬如：

〔註 9〕同註4，卷 19〈地隅〉之注解「秦公子」，頁 936。
〔註10〕同註4，卷 10〈上兜率寺〉「周顒好不忘」注，頁 442。

　　　　朝士兼戎服，君王按湛盧。(〈大曆三年春，白帝城放船出瞿唐峽，

　　　　久居夔府，將適江陵，漂泊有詩，凡四十韻〉) ──(卷18，頁906)

他暗用越王允常的典故，《吳越春秋》記載，越王允常派歐冶為他鑄
名劍五把，其中一把名為湛盧，詩人用此二句來形容生逢亂世，朝廷
中的君臣俱憂。又：

　　　　祕訣隱文須內教，晚歲何功使願果？

　　　　(〈憶昔行〉) ──(卷18，頁917～918)

《南史·陶弘景傳》中記載，陶弘景認為既得神符祕訣，神仙境界便
可期而至，詩人暗用此典故，以慨嘆自己直到晚年，仍無法脫離俗世
的羈絆，而超然出世。又如：

　　　　思霑道暍黃梅雨，敢望宮恩玉井冰。不是尚書期不顧，山
　　　　陰野雪興難乘。(〈多病執熱奉懷李尚書之芳〉) ──(卷 19，頁
　　　　921)

上面的第二句和第三句都是暗用，第二句用陸翽《鄴中記》中所記載，
石季龍於冰井臺藏冰，三伏日以賜大臣的典故，敘述自己極為渴望應
李之芳邀請前往赴約的心情。第三句則暗用《漢書》中所記載之陳遵
的行事，陳遵好客，經常閉門取客人的車轄投於井中以留客，當時北
部刺史奏事過陳遵，值陳遵正飲酒，刺史被留，不知該如何是好，只
好等到陳遵大醉時，急忙入見陳母，叩頭自白其與尚書有期會之事，
陳母於是令刺史從後閣出去，杜甫用此以表明自己不能赴李之芳之
約，絕對不是故意推辭，實在是因為有事的緣故。

三、反用

　　杜甫此時期也有不少反用的詩句，譬如：

　　　　白頭授簡焉能賦，愧似相如為大夫。(〈又作此奉衛王〉) ──(卷
　　　　19，頁926)

他反用司馬相如在兔園為梁王作賦的典故，﹝註11﹞謙稱自己年紀老

﹝註11﹞同註4，卷19〈又作此奉衛王〉「愧似相如為大夫」之注曰：「〈雪賦〉：
　　　　『梁王遊兔園，授簡於司馬大夫曰：為寡人賦之。』」頁926。

大，滿頭白髮，被衛王授簡，卻羞愧沒有司馬相如的文才，來爲衛王賦詩。又如：

> 軒轅休製律，虞舜罷彈琴。（〈風疾舟中，伏枕書懷三十六韻，奉呈湖南親友〉）——（卷 20，頁 1030）

在此，詩人反用軒轅製律、虞舜彈琴乃是調八風而應薰風的典故，〔註12〕；悲嘆現在的風，卻讓自己風疾發作，痛苦不堪，一定是軒轅和虞舜有錯管或是心傷之處，才會使風變得如此不順，而致人生病。

以上是詩人運用引證歷史事實的「用事」，下面我們繼續分析他引用前人言語入於詩的「用詞」。

貳、援引前人言語的用詞

杜甫此時期的詩歌，其使用「用詞」的情形，和使用「用事」的情形一樣，其數量也是很可觀。楊愼對詩人用詞的技巧敬佩萬分，〔註13〕除楊愼之外，仇兆鰲對詩人善於變化古語，而意境更能高於古人的功力，也是極爲稱許，〔註14〕而不管他究竟是用增字，或者

〔註12〕同註4，卷20〈風疾舟中，伏枕書懷三十六韻，奉呈湖南親友〉「軒轅休製律，虞舜罷彈琴。尚錯雄鳴管，猶傷半死心。」之注曰：「〈七發〉浦注：『言軒律虞琴，本以調八風而應薰風者，乃今此之風，足以致疾，必其有管錯心傷處也。』」頁1030。

〔註13〕同註3，卷17，楊愼説：「隋任希古〈崑明池應制〉詩：『回眺牽牛渚，激賞鏤鯨川。』便見太平宴樂氣象。今一變云：『織女機絲虛夜月，石鯨鱗甲動秋風。』讀之，則荒煙野草之悲，見於言外矣。……杜詩之妙，在能翻古語，千家注無有引此者，因悟杜詩之妙如此。」頁1496。

〔註14〕同註3，卷21，仇兆鰲説：「詩家採用成語，有增字、減字法，而工拙不同，如庾信詩：『地中鳴鼓角，天上下將軍。』駱賓王賦云：『隱隱地中鳴鼓角，迢迢天上出將軍。』此增五字爲七字，而精警不及。……王維詩：『九天閶闔開宮殿，萬國衣冠拜冕旒。』杜云：『閶闔開黃道，衣冠拜紫宸。』則節去二字，而語更清勁。薛據詩：『省署開文苑，滄浪學釣舟。』杜云：『獨當省署開文苑，兼泛滄浪學釣舟』則增加二字，而句便流逸。用語入化，全係乎作者身分也。」頁1855。

是用減字的方法來翻新古語，其表現方式，大致說來，則以正用和
反用為最普遍。

一、明用

杜甫此時期這類詩句可以說是俯拾皆是，例如：

（一）增字者

　　眼中之人吾老矣。（〈短歌行送王郎司直〉）——（卷 18，頁 916）

此句引陸雲詩：「髣髴眼中人」。詩人用此來感傷自己的年紀老大，身
體衰弱。又如：

　　西北樓成雄楚都。（〈又作此奉衛王〉）——（卷 19，頁 926）

此句引〈古詩〉：「西北有高樓」，他用此來讚美江陵節度陽城郡王剛
落成的新樓，其雄巍高潤之貌。又如：

　　日沒眾星嘒。（〈宿鑿石浦〉）——（卷 19，頁 960）

此句引《詩經》：「嘒彼小星」，杜甫用此來形容仲春暮色時分，鑿石
浦的夜空星光微闇，四周一片漆黑的景象。

（二）減字者

　　金波耿玉繩。（〈江邊星月二首之一〉）——（卷 19，頁 924）

此句引謝朓詩：「金波麗鳷鵲，玉繩低建章。」他用此來形容秋天驟
雨之後的江邊夜空，清月高掛，映於水中則金波點點的景象。又如：

　　身世白駒催。（〈秋日荊南述懷三十韻〉）——（卷 19，頁 927）

此句引《史記》：「『魏豹曰：人生一世間，如白駒過隙耳。』」詩人用
此來感嘆時光倏忽而過，而自己卻仍然扁舟往來，歸日無期。又如：

　　祝網但恢恢。（〈秋日荊南述懷三十韻〉）——（卷 19，頁 929～930）

此句比較特殊，因為他將兩句出處不同的前人言語合為一句，既引《古
史》：「成湯祝網」，又引《老子》：「天網恢恢，疏而不漏。」來勸諫
代宗勿再多猜忌，希望他能敦寬厚以召嘉祥。又如：

　　才淑隨廝養。（〈過南岳入洞庭湖〉）——（卷 19，頁 955）

此句和上句一樣，也是由兩個出處不同的前人言語，濃縮成一句詩句
者，它分別引用自《任昉集》：「肇允才淑」，和《漢書・蒯通傳》：「隨

廝養之役者，失萬乘之權。」詩人用此來感傷時方用武，儒術不被尊重。

凡此兩種詩句，在此時期的詩歌中，詩人運用的極爲普遍，以上所舉雖只是鳳毛鱗爪，但已足以讓人管窺到杜甫琢磨文字的功夫之深，及所達到的境界之高了。

二、反用

杜甫這類詩句，和引證歷史事實的反用方式一樣，也是以相反的意義，來使用典故，而使詩意有更曲折深刻的內涵，例如：

澤國雖勤雨。（〈水宿遣興奉呈羣公〉）——（卷 19，頁 921～922）

此句乃是反用《穀梁傳》：「言不雨者，勤雨也」，《傳》注說：「思雨之勤也」，黃鶴也說：「此言得雨勤數，與傳異」。詩人用此來形容自己在江陵地區，夏天雖然多雨，在炎熱的天氣下，因爲雨多浪大，仍然無法開舟，只好水宿之狀。又如：

我行何到此？物理直難齊。

（〈水宿遣興奉呈羣公〉）——（卷 19，頁 922）

此句杜甫乃是反用《莊子‧齊物論》中，萬物齊等的文意，來控訴天理不公平，讓他流落到今天這種地步。又如：

歷歷竟誰種。（〈江邊星月二首之二〉）——（卷 19，頁 924）

此句詩人乃是反用〈古詩〉：「天上何所有，歷歷種白榆。」的句意，而用問句的方式，反問天上歷歷可見的白榆，究竟是誰種的？他用此來形容江邊的星月。又如：

誰是青雲器。（〈送顧八分文學適洪吉州〉）——（卷 19，頁 941）

此句他乃是反用顏延之〈五君詠〉：「仲容青雲器，實稟生民秀。」顏氏以此讚美仲容的器識高遠，但是杜甫卻反用其意，感慨在亂世之中，誰才是眞正的青雲器？因爲當今的權貴者，未必就是賢才之人。又如：

應過數粒食。（〈風疾舟中，伏枕書懷三十六韻，奉呈湖南親友〉）

——（卷 20，頁 1032）

此句乃是反用〈鷦鷯賦〉：「巢林不過一枝，每食不過數粒」的文意，

他言己所食過於鷦鷯，但是卻已經囊空無復餽贈者肯接濟自己了。

　　以上所列舉分析的，乃是杜甫此時期的三大詩歌語言特色，他經常把它們同時運用在同一首詩中，尤其是律絕之外的詩體，如古體詩、樂府詩和排律等長篇巨作中，而使全首詩歌在變化錯落之中，兼具駢儷的規則律動之美。譬如：

> 勢恧宗蕭相，材非一范睢。屍填太行道，血走浚儀渠。滎
> 口師仍會，函關憤已攄。……豈惟高衛霍，曾是接應徐。……
> 侍臣雙宋玉，戰策兩穰苴。……揚子淹投閣，鄒生惜曳裾。
> 〔註15〕
> ……煙雨封巫峽，江淮略孟諸。(〈秋日荊南送石首薛明府辭滿
> 告歸，奉寄薛尚書頌德敘懷斐然之作三十韻〉) ——（卷19，頁932
> ～933）

以上之第一二句、第七八句、第九十句等，都是以人名爲對的駢偶句，也是引證歷史事實爲典故的明用；而第十二句的「鄒生惜曳裾」，則是典故運用方法中的反用；至於第三四句、第五六句，以及第十三、十四句，則是以地理名稱爲對偶的偶句。又如：

> 軒轅休製律，虞舜罷彈琴。……如聞馬融笛，若倚仲宣
> 襟。……牽裾驚魏帝，投閣爲劉歆。……哀傷同庾信，述
> 作異陳琳。十暑岷山葛，三霜楚戶砧。……瘦天追潘岳，
> 持危覓鄧林。……卻假蘇張舌，高誇周宋鐔。……公孫仍
> 恃險，侯景未生擒。葛洪屍定解，許靖力還任。(〈風疾
> 舟中，伏枕書懷三十六韻，奉呈湖南親友〉) ——（卷20，頁1030
> ～1033）

此處所舉的第三四句、第五六句、第七八句，以及第十五、十六句和第十七、十八句，便都是以人名對偶的對偶句，也是引證歷史事實爲典故的明用；而第一二句則是典故運用方法中的反用；而第九十句則是以地理名稱爲對偶的偶句。至於第十一、十二句與第十三、十四句，

〔註15〕同註4，卷19，楊倫注引《鄒陽傳》說：「何王之門，不可曳長裾乎。」杜甫則反用鄒陽此典故，而說自己久已不干人，惜於在王公家門曳長裾矣。

它們的情形比較特殊，先說第十一、十二句，第十一句是援引古人言語入詞的用典，第十二句則暗用夸父追日的典故，又借用鄧林而爲手杖的意思；再說第十三、十四句，第十三句是用典中的明用，蘇指蘇秦、張指張儀，第十四句的周宋則爲地理名稱，指周地、宋地而言。

　　同樣的特色，我們幾乎在詩人此時期的詩歌中，隨處俯拾皆可得，以上所舉，只不過是他此類詩歌中之其中兩例而已，雖然如此，亦已足以讓我們窺得其堂奧之美了。

第八章 結 論

　　本論文對杜甫生命歷程中的最後一個階段——「荊湘時期」之探討論述，至此暫告一個段落，而在此結尾聲中，他於此時期所表現出來的人格精神，和所成就的詩歌價值，卻也隨之映現在每一個人眼前，讓人仰望欽敬。

第一節　人格表現

　　首先，在人格表現方面，我們綜觀詩人此時期的個人行事與思想風格，至少會不禁孺慕他三點可貴的精神。第一，明潔任眞。當時的他雖然老病侵尋、窮愁潦倒，即使四處驅馳，扣門求食仍不足養家活口，但是誠如宋人黃徹《磬溪詩話》之所云：「和靖與士大夫詩，未嘗不及遷擢；與舉子詩，未嘗不言登第。視此爲何等隨緣應接，不爲苟難亢絕如此。老杜云……鐘鼎山林各天性，濁醪麤飯任吾年。」道義重而不輕王公者也。〔註1〕詩人敬崇爲朝廷效命的王公顯要，而與他們酬贈往來，但自己卻寧可順著本性，學古人浪遊江湖，過著粗茶淡飯不受拘束的生活。他尊重別人選擇，珍惜自己秉賦，若非他有明潔任眞之胸襟修爲，又如何能致之。

〔註1〕見華文軒：《古典文學研究資料彙編杜甫卷唐宋之部》，北京市：中華書局，民國71年，頁472。

　　第二，以直亮勵人。詩人在此時期，有甚多酬贈送別之詩，這些作品固然有少部分乃純爲應酬而作，致不免用情過殷，但是其他絕大部分之詩，則往往不禁流露出他對親朋好友的規箴美意，而十足表現出一個涵泳過儒家經典者的士子風範，因此宋人張戒《歲寒堂詩話》評〈送盧十四弟侍御護韋尙書靈櫬歸上都詩〉時，讚美杜甫云：「觀歷代史冊，人主之美，莫先於納諫。……是知諫而能從，過而能改，帝王之美，莫大於斯。子美『刺規多諫諍，端拱自光輝』之句，即此意也。」〔註2〕原來在送盧侍御詩中，詩人殷切勉勵盧十四弟侍御，在歸京之後，務必要時時以直諫來規勸君王，以少君過。

　　第三，忠君念民。杜甫居荊湘，距離京城雖然有千里之遙，但是他卻一日未嘗忘君，而且時時以百姓爲念，他此時期的詩歌中，處處充滿對國家社會的關懷，便是最直接的證明。而他的這種高尙人格表現，使黃徹對他讚譽有加地說：「老杜云：『扁舟空老去，無補聖明朝。』……以稷契輩人，而使老棄閒曠，非惟不形怨望，且惓惓如此。彼遭時遇時，言聽計從，復幸年鬢未暮，而不能攄誠戮力，以圖報效，良不媿此歟？」〔註3〕不但如此，黃徹還以孟子喻之，謂杜甫之心，可與孟子相媲美，而說：「《孟子》七篇，論君與民者居半，其餘欲得君，蓋以安民也。觀杜陵『窮年憂黎元，嘆息腸內熱。』……《宿花石戍》云：『誰能叩君門，下令減征賦。』……而志在大庇天下寒士，其心廣大，異夫求穴螻蟻輩，眞得孟子所存矣。……愚謂老杜似孟子，蓋原其心也。」〔註4〕詩人在此時期，自己窮乏到無立錐之地的地步，但他仍然時時以設身處地的同理心，關懷天下情勢，人民痛苦，其憂國憫人之思，實爲可貴。

　　杜甫此時期的人格表現如此，而其詩歌成就又是如何呢？

〔註 2〕同上註，頁 321。
〔註 3〕同註 1，頁 475。
〔註 4〕同註 1，頁 468。

第二節　詩歌成就

　　詩人之詩歌，在風格上自少至老數變，吳可便說「杜詩敘年譜，得以考其辭力：少而銳，壯而肆，老而嚴，非妙於文章不足以致此。如說華麗平淡，此是造語也。方少則華麗，年加長漸入平淡也。」〔註5〕

　　吳可用「銳」、「肆」與「嚴」，來區隔詩人少年、壯年與老年的詩歌辭力；又用華麗和平淡，來分別詩人方少與年歲增長之後的造語特色。當然，不管是銳、肆或是嚴，很明顯地，詩人每一個人生階段的詩歌，都能充分反映出他在那個階段中的生活與思想，因此，吾人實不宜強加去比較其中的優劣勝負。

　　而若就詩人入夔州之後的詩歌來說，因為其詩歌體製的急劇加長，動輒五、六十韻以上的長篇巨作，開卷隨處可見，詩人在詩中，運用其變化多端的靈活技巧，放情書寫，暢敘胸懷，文字間不避諱直言批判，也因此招來某些非議的聲音。譬如宋人黎靖德便非議詩人入夔州以後的詩是「不知是如何以為好否」、〔註6〕又說「夔州詩卻說得鄭重煩絮」。〔註7〕還說「夔州以後，自出規模，不可學。」〔註8〕

　　不過縱使如此，其他讚美杜甫夔州以後詩的人也還是不少，例如宋人黃庭堅便說「觀杜子美到夔州後詩，韓退之還朝後文章，皆不煩繩削而自合矣。」〔註9〕宋人何夢桂也說「世之評詩者，取少陵夔州以後詩，昌黎潮州以後詩，豈非以其氣老識老，而詩隨之。」〔註10〕而清人潘德輿也引唐子西的話說「子美到夔州以後詩，簡易純熟，無

〔註5〕同註1，頁385。

〔註6〕同註1，宋人黎靖德說：「杜子美晚年詩都不可曉。呂居仁嘗言：詩字字要響，其晚年詩都啞了，不知是如何以為好否？」頁658。

〔註7〕同註1，宋人黎靖德又說：「人多說杜子美夔州詩好，此不可曉。夔州詩卻說得鄭重煩絮，不如他中前有一節詩好。」頁658。

〔註8〕同註1，宋人黎靖德說：「古詩須看西晉以前，如樂府諸作皆佳。夔州以後，自出規模，不可學。」頁657。

〔註9〕同註1，頁120。

〔註10〕同註1，宋人何夢佳說，頁950〜951。

斧鑿痕，信如彈丸。」〔註11〕

　　而不管以上兩派評杜甫夔州以後詩者的說法如何，我們從中卻可以理解兩個現象。一、他們所以會有如此兩極化評價，其實只不過是彼此所取以觀察的角度不同而已。二、即大家都不約而同地把「夔州」作為杜甫晚年詩歌的分界線，以此總說詩人「自入夔州之後到去世為止」的詩風特徵。大致說來，以上詩評家的這種說法是正確的，因為由筆者在第六章第一節中的圖表統計以及分析中，我們知道詩人在夔州時期，與荊湘時期的詩歌，其體製結構是相承而來的。

　　不過筆者進一步認為，詩人荊湘時期的詩歌，雖然由結構上看來，與夔州時期的詩歌甚為雷同，甚至修辭技巧也差不多，但是二者所透顯出來的情感主調卻不一樣。夔州時期比荊湘時期顯得較為輕鬆開朗，而荊湘時期則是沉痛晦澀、愁苦悲嘆。當然，這兩者之間的差異，同樣也是沒有優劣之區別，因為那只是杜甫拿來映現他當時內心情感變化之工具而已，情感不同，反映在詩歌字裡行間者自然不同，又孰有優劣可言。

　　最後筆者認為，不管杜甫夔州以後之詩歌，在詩評家口中的評價如何，其對於五言長詩和七言長詩體製的勇於突破創新，則是他晚年對詩歌發展史的一大貢獻，因為詩歌體製的加長，所帶來的便是詩人們暢其所言，抒情寫懷張力的擴大。另外，他在近體詩，尤其是律詩上的用拗變化，也是他晚年對詩歌發展的又一個偉大貢獻，因為有了這種變化技巧，使得後代詩人，在創作詩歌時，有更大的創作彈性和空間，來發揮才華表達情意。

〔註11〕見郭紹虞：〈養一齋李杜詩話〉卷 2，《清詩話續編》，台北：木鐸出版社，民國 72 年，頁 2190。

參考文獻

（以作者姓氏筆畫爲序，無姓氏者列於前面）

一、學術專著

1. 《杜甫研究學刊》，成都：杜甫研究學刊編輯部，1981 年。

2. 《杜詩詳注》，仇兆鰲，台北：漢京文化事業公司，民國 73 年 3 月。

3. 《杜臆》，王嗣奭，台北：藝文印書館，民國 60 年。

4. 《杜甫夔州詩析論》，方瑜，台北：幼獅文化事業公司，民國 74 年。

5. 《杜甫》，汪中，台北：河洛出版社，民國 66 年。

6. 《杜少陵先生評傳》，朱偰，台北：東昇出版公司，民國 69 年。

7. 《杜甫》，汪中，台北：河洛出版社，民國 66 年。

8. 《杜詩句法舉隅》，朱任生，台北：臺灣中華書局，民國 62 年。

9. 《杜甫敘論》，朱東潤，北京：人民出版社，1981 年。

10. 《杜甫作品繫年》，李辰冬，台北：東大圖書公司，民國 79 年。

11. 《杜甫評傳》，金啓華‧胡問濤，西安：陝西人民出版社，1984 年。

12. 《杜甫生平及其詩學研究》，胡啓凡，台北：文史哲出版社，民國 67 年。

13. 《詩聖杜甫對後世詩人的影響》，胡傳安，台北：幼獅文化事業公司，民國 74 年。

14. 《杜甫古詩韻讀》，馬重奇，北京：中國展望出版社，1985 年。

15. 《杜甫全集》，高仁，上海：上海古籍出版社，1996 年。

16. 《杜甫傳》，馮至，天津：百花文藝出版社，1999 年。

17.《杜詩說》，黃生，合肥：黃山書社，1994 年。

18.《杜甫詩集四十種索引》，黃永武，台北：大通書局出版社，民國 65 年。

19.《杜律旨歸》，張夢機‧陳文華，台北：學海書局出版，民國 67 年。

20.《杜甫傳記唐宋資料考辨》，陳文華，台北：文史哲出版社，民國 76 年。

21.《杜甫評傳》，陳香，台北：國家出版社，民國 70 年。

22.《杜甫詩學探微》，陳偉，台北：文史哲出版社，民國 74 年 8 月。

23.《杜甫評傳》，陳貽焮，上海：上海古籍出版社，1982 年。

24.《杜甫評傳》，莫礪鋒，南京：南京大學出版社，1993 年。

25.《杜甫文學遊歷杜少陵傳》，郭永榕，台北：文史哲出版社，民國 85 年。

26.《杜詩析疑》，傅庚生，西安：陝西人民出版社，1979 年。

27.《杜詩鏡銓》，楊倫，台北：華正書局，民國 82 年。

28.《杜甫在湖湘學術論文選集》，董希如‧江新建，求索雜誌社，1988 年。

29.《杜詩趙次公先後解輯校》，趙次公，上海：上海古籍出版社，1994 年。

30.《杜工部詩話集錦》，魯質軒，台北：臺灣中華書局，民國 68 年。

31.《杜詩修辭藝術》，劉明華，鄭州：中州古籍出版社，1991 年 1 月。

32.《杜詩錢注》，錢謙益，台北：世界書局，民國 87 年。

33.《唐杜少陵先生甫年譜》，錢謙益，台北：台灣商務印書館，民國 67 年。

34.《杜詩意象論》，歐麗娟，台北：里仁書局，民國 85 年。

35.《杜甫詩研究》，簡明勇，台北：學海出版社，民國 73 年。

36.《清初杜詩學研究》，簡恩定，台北：文史哲出版社，民國 75 年。

37.《杜甫夔州詩現地研究》，簡錦松，台北：台灣學生書局，民國 88 年。

38.《杜甫研究》，蕭滌非，濟南：山東人民出版社，1956 年。

39.《杜甫古今詩史第一人》，蕭麗華，台北，幼獅文化事業公司，民國 77 年。

二、詩學理論

1.《清詩話》，丁福保，台北：木鐸出版社，1988 年。

2.《中國詩歌流變史》，李曰剛，台北：文津出版社，1987 年。

3.《中國詩學》，吳戰壘，北京市：東方出版社，1997 年。

4.《詩文鑑賞方法二十講》，周振甫，台北：國文天地雜誌社，1989 年。

5.《漁隱叢話》，胡仔，台北：廣文書局，1967 年影印本。

6.《中國詩歌藝術研究》，袁行霈，北京市：北京大學出版社，1987 年。

7.《清詩話續編》，郭紹虞，台北：木鐸出版社，1983 年。

8.《唐詩采珍》，張仁青，高雄：前程出版社，民國 80 年。

9.《古典詩的形式結構》，張夢機，台北：駱駝出版社，1997 年。

10.《近體詩發凡》，張夢機，台北：台灣中華書局，1975 年。

11.《中國詩學》，黃永武，台北：巨流圖書公司，1976～1979 年。

12.《中國詩學縱橫論》，黃維樑，台北：洪範書店，1977 年。

13.《近體詩創作理論》，許清雲，台北：洪葉出版社，1997 年。

14.《唐詩體派說》，許總，台北：文津出版社，1994 年。

15.《古典文學研究資料彙編——杜甫卷唐宋之部》，華文軒，北京：中華書局出版，1964 年。

16.《中國古代心理詩學與美學》，葉慶炳，台北：中華書局，1992 年。

17.《唐七律藝術史》，趙謙，台北：文津出版社，1992 年。

18.《唐代文學文化精神》，鄧小軍，台北：文津出版社，1993 年。

19.《學詩百法》，劉坡公，上海市，上海古籍書店，1981 年。

20.《中國詩學》，劉若愚著，杜國清譯，台北：幼獅文化事業公司，1977 年。

21.《水經注》，酈道元著，戴震校，台北：世界書局，1983 年。

三、其他論著

1.《湖南省長沙府志（一）》，呂肅高修，張雄圖纂，臺北：成文出版社，1970 年，臺一版，影印乾隆十二年刊本。

2.《湖南省耒陽縣志（一）》，於學琴等修，宋世煦等纂，臺北：成文出版社，1970 年，臺一版，影印光緒十一年刊本。

3.《湖南省岳陽風土記（全）》，范致明撰，臺北：成文出版社，1970 年，臺一版，影印古今逸史刊本。

4.《湖北省荊州府志（一）》，倪文蔚等修，顧嘉衡等纂，臺北：成文出版社，1970 年，臺一版，影印光緒六年刊本。

5.《湖南省湘潭縣志（一）》，陳嘉榆等修、王闓運等纂，臺北：成文出版社，1970 年，臺一版，影印光緒十五年刊本。

6.《全唐詩》，清康熙編，台北：明倫出版社。

7.《湖南省衡陽縣志（三）》，彭玉麟、殷家儁等纂修，臺北：成文出版社，1970 年臺一版，影印同治十一年刊本。

8.《舊唐書》，劉昫等，台北：鼎文書局，民國 68 年。

9.《唐書》，歐陽修等，台北：鼎文書局，民國 87 年。

四、學位及期刊論文

1.《杜甫寫實諷諭詩歌研究》，金雲龍，台灣師大國研所，1982 年。

2.《杜甫長安期詩之研究》，鄭元準，台灣師大國研所，1985 年。

3.《杜甫秦州詩研究》，方秋停，東海大學中研所，1989 年。

4.《杜甫成都期詩歌研究》，林瑛瑛，輔仁大學中研所，1991 年。

5.《杜甫晚期詩作之精神動向──以夔州詩為歸趨之探究》，朱伊雯，1997 年。

6.〈論杜甫荊湘詩〉，鍾樹梁，《杜甫研究學刊》，1988 年第 3 期，總第 17 期。

7.〈杜甫荊湘詩的憂患意識〉，曾亞蘭，《杜甫研究學刊》，1988 年第 4 期，總第 18 期。

8.〈人民性的光輝總結──也談杜甫湖湘的主調〉，劉洪仁，《杜甫研究學刊》，1989 年第 1 期，頁 44。

9.〈談杜甫漂泊湖湘的酒詩〉，熊培庚，《杜甫研究學刊》，1990 年第 3 期，總第 25 期。